AF202678

Tucholsky Wagner Zola Scott Sydow Freud Schlegel
Turgenev Wallace Fonatne
Twain Walther von der Vogelweide Fouqué Friedrich II. von Preußen
Weber Freiligrath
Fechner Weiße Rose von Fallersleben Kant Ernst Frey
Fichte Richthofen Frommel
Engels Fielding Hölderlin
Fehrs Faber Flaubert Eichendorff Tacitus Dumas
Eliasberg Ebner Eschenbach
Feuerbach Maximilian I. von Habsburg Fock Eliot Zweig
Ewald Vergil
Goethe Elisabeth von Österreich London
Mendelssohn Balzac Shakespeare Dostojewski Ganghofer
Lichtenberg Rathenau Doyle Gjellerup
Trackl Stevenson Tolstoi Hambruch
Mommsen Lenz Droste-Hülshoff
Thoma von Arnim Hanrieder
Dach Verne Hägele Hauff Humboldt
Reuter Rousseau Hagen Hauptmann Gautier
Karrillon Garschin
Defoe Hebbel Baudelaire
Damaschke Descartes Hegel Kussmaul Herder
Wolfram von Eschenbach Dickens Schopenhauer Rilke George
Darwin Grimm Jerome
Bronner Melville Bebel Proust
Campe Horváth Aristoteles
Bismarck Vigny Barlach Voltaire Federer Herodot
Gengenbach Heine
Storm Casanova Tersteegen Grillparzer Georgy
Lessing Gilm
Chamberlain Langbein Gryphius
Brentano Lafontaine
Strachwitz Claudius Schiller Kralik Iffland Sokrates
Katharina II. von Rußland Bellamy Schilling
Gerstäcker Raabe Gibbon Tschechow
Löns Hesse Hoffmann Gogol Wilde Vulpius
Luther Heym Hofmannsthal Morgenstern Gleim
Roth Klee Hölty Goedicke
Heyse Klopstock Kleist
Luxemburg Puschkin Homer Mörike
La Roche Horaz Musil
Machiavelli Kierkegaard Kraft Kraus
Navarra Aurel Musset
Nestroy Marie de France Lamprecht Kind Kirchhoff Hugo Moltke
Laotse Ipsen Liebknecht
Nietzsche Nansen
Marx Lassalle Gorki Klett Ringelnatz
von Ossietzky Leibniz
May vom Stein Lawrence Irving
Petalozzi Knigge
Platon Pückler Michelangelo Kafka
Sachs Poe Liebermann Kock
de Sade Praetorius Mistral Zetkin Korolenko

Der Verlag tredition aus Hamburg veröffentlicht in der Reihe **TREDITION CLASSICS** Werke aus mehr als zwei Jahrtausenden. Diese waren zu einem Großteil vergriffen oder nur noch antiquarisch erhältlich.

Symbolfigur für **TREDITION CLASSICS** ist Johannes Gutenberg (1400 — 1468), der Erfinder des Buchdrucks mit Metalllettern und der Druckerpresse.

Mit der Buchreihe **TREDITION CLASSICS** verfolgt tredition das Ziel, tausende Klassiker der Weltliteratur verschiedener Sprachen wieder als gedruckte Bücher aufzulegen – und das weltweit!

Die Buchreihe dient zur Bewahrung der Literatur und Förderung der Kultur. Sie trägt so dazu bei, dass viele tausend Werke nicht in Vergessenheit geraten.

Rund um den Kongreß

Posse in fünf Bildern

Odön von Horváth

Impressum

Autor: Ödön von Horváth
Umschlagkonzept: toepferschumann, Berlin

Verlag: tredition GmbH, Hamburg
ISBN: 978-3-8424-9080-2
Printed in Germany

Ödön von Horváth

Rund um den Kongreß

Posse in fünf Bildern

Personen:

Ferdinand
Schminke
Luise Gift
Das Fräulein
Alfred
Der Kellner
Der Generalsekretär
Hauptmann
Der Polizist
Der Präsident
Die Vorsitzende
Der Sanitätsrat
Der Studienrat
Einige Delegierte
Der Vertreter des Publikums

Erstes Bild

Ferdinand steht mit einem Spazierstock an einer Straßenkreuzung und kennt sich nicht aus.
Schminke begegnet ihm.

Ferdinand Verzeihung. Ich bin nämlich fremd und kenn mich nicht aus. Ich möchte in das Restaurant Miramar und weiß nicht, wo es liegt.

Schminke Restaurant?

Ferdinand Miramar.

Schminke Das ist kein Restaurant.

Ferdinand Vielleicht ein Caférestaurant?

Schminke Nein. Das ist ein Bordell.

Ferdinand Interessant!

Schminke Auch das.

Ferdinand Komisch. Eigentlich wollt ich nur meinen Bruder Alfred besuchen, der ist nämlich Kellner in diesem Miramar, und im November werden es drei Jahre –

Schminke Ich pflege prinzipiell keine Auskunft über Bordelle zu geben.

Ferdinand Aber ich möcht doch nur meinen Bruder Alfred besuchen.

Schminke Prinzipiell nicht.

Ferdinand ›Prinzipiell‹ – dieser Ton. Ich kenn doch diesen Ton – ›prinzipiell‹. Sie heißen doch Schminke? Nicht?

Schminke Sie kennen mich? Woher?

Ferdinand Prinzipiell, Herr Schminke.

Schminke Wer ist denn das?

Ferdinand Ich selbst, Herr Schminke. Komisch. Ja, das macht mich direkt stutzig. Nämlich: wenn Sie mich nicht kennen, so werden Sie meine Schwester wahrscheinlich auch vergessen haben.

Schminke Wer ist denn Ihre Schwester?

Ferdinand Meine Schwester ist tot.

Schminke Ich verbitte mir das.

Ferdinand Bitte. Bitte!

Schminke ab.

Ein schlechter Mensch.

Luise Gift kommt.

Verzeihung. Ich bin nämlich fremd und kenn mich nicht aus. Kennen Sie einen Tanzpalast namens Miramar?

Luise Gift ›Tanzpalast‹ ist gut.

Ferdinand Ein Etablissement.

Luise Gift Ein Stadion.

Ferdinand Ein maison de discrétion.

Luise Gift Junge, Junge!

Ferdinand Ich hab nämlich gehört, daß dieses Miramar ein etwas diskretes Lokal sein soll.

Luise Gift Haben Sie gehört?

Ferdinand Soeben.

Stille.

Luise Gift Muß es unbedingt im Miramar sein?

Ferdinand Zu freundlich!

Luise Gift Oh, bitte! Sie werden es nicht bereuen.

Ferdinand Man soll den Teufel nicht an die Wand malen.

Luise Gift Sind Sie auch so abergläubisch?

Ferdinand Was mich betrifft: ja.

Luise Gift Ich trau mich oft nicht vors Haus. Besonders wenn alles beflaggt ist.

Ferdinand Also apropos Haus: wo liegt nun jenes Haus?

Luise Gift Jenes liegt nirgends. Jenes ist nämlich abgebrannt.

Ferdinand Abgebrannt?

Luise Gift Im April.

Ferdinand Um Gottes Willen!

Luise Gift Man vermutet Brandstiftung. Aus Neid.

Ferdinand Sagen Sie: wer ist denn alles verbrannt?

Luise Gift Wen meinen Sie?

Ferdinand Eigentlich wollt ich nur meinen Bruder Alfred besuchen.

Luise Gift Alfred? Ist das Ihr Bruder?

Ferdinand Kennen Sie ihn?

Luise Gift Leider.

Ferdinand Lebt er noch?

Luise Gift Leider. Er ist nämlich ein kompletter Schuft.

Ferdinand Immer wieder?

Luise Gift Er hat sein Ehrenwort gebrochen.

Ferdinand Komisch. Was war das für ein Ehrenwort?

Luise Gift Er hat mir sein Ehrenwort gegeben, daß er es niemandem sagen wird, daß ich mein Ehrenwort gebrochen habe. Aber er will mich nicht ärgern, es ist ja bekannt, daß man sein Ehrenwort nicht halten kann.

Ferdinand Als ich das erste Mal mein Ehrenwort gebrochen hab, da war ich zehn Jahre alt. Ich erinner mich gern, weil ich gern melancholisch werd. Es wird so angenehm ruhig, wenn man an sein erstes gebrochenes Ehrenwort denkt.

Luise Gift Ich glaub, Sie sind ein guter Mensch.

Ferdinand *zieht den Hut:* Danke.

Luise Gift Bitte.

Schminke kommt wieder und scheint etwas zu suchen.

Ferdinand Guten Abend, Herr Schminke!

Schminke *zuckt zusammen, erkennt Ferdinand und nähert sich ihm:* Herr! Sie haben zuvor behauptet, ich hätte Ihre verstorbene Schwester gekannt. Was war denn Ihre Schwester?

Ferdinand Nutte.

Schminke Was wollen Sie damit sagen?

Ferdinand Ich hatte zwo Schwestern. Die jüngere starb nach elf Minuten und die ältere war Nutte.

Schminke Was soll ich mit ihrer elfminutenalten Schwester?

Ferdinand Ich wollte damit nur sagen, daß nicht alle meine beiden Schwestern Nutten waren. Und was meine verstorbene ältere Schwester, die Nutte, betrifft, die Sie vergessen haben –: ich wollte Sie nur erinnern, daß Sie dieser verstorbenen Nutte noch etwa dreiundfünfzig Mark schulden und da sie mich als alleinigen Erben eingesetzt –

Schminke Herr! Ich habe noch nie mit Nutten verkehrt!

Ferdinand Ich meine diesen Verkehr in einer geistigen Hinsicht. Sie sind doch ein geistiger Mensch. Ich, zum Beispiel, ich bin kein geistiger Mensch, aber auch geistige Menschen müssen ihre Schulden bezahlen.

Schminke Ich habe keine Schulden!

Ferdinand Sie sind doch Journalist?

Schminke Na und?

Ferdinand Und meine verstorbene Schwester, die Nutte, lieferte Ihnen das gesamte Material für einen so langen Artikel.

Schminke Material? Betreffs?

Ferdinand Betreffs Bekämpfung der Prostitution. Sie haben das gesamte Material dieser verstorbenen Nutte verwertet, ohne ihr einen Pfennig zu bezahlen.

Schminke Ich bin auch nicht verpflichtet.

Ferdinand Gesetzlich nicht. Aber moralisch.

Schminke Ich bin ausgesprochener Moralist.

Ferdinand Mit achtzehn Pfennig pro Zeile. Sie hätten ohne meine Schwester höchstens eine halbe Zeile schreiben können. Macht fünfzig Prozent. Ist gleich etwa dreiundfünfzig Mark.

Schminke Hier dreht es sich nicht um Ihre Nutte, sondern um die Bekämpfung der Prostitution. Ja um noch mehr! Um eine Idee.

Ferdinand Für achtzehn Pfennig die Zeile.

Schminke Man muß doch leben, um für eine Idee kämpfen zu können!

Ferdinand Man hört auch andere Ansichten.

Schminke Soll ich mich kreuzigen lassen?

Ferdinand Bin ich der liebe Gott?

Schminke Es gibt keinen lieben Gott! Basta!

Ferdinand Hm!

Schminke ab.

Luise Gift Wer war denn das?

Ferdinand Ein schlechter Mensch.

Luise Gift Warum?

Ferdinand Weil er nicht bezahlen will, was er einer toten Nutte schuldet.

Luise Gift Lassen Sie bitte die Toten ruhen.

Ferdinand Es gibt keine Toten, sofern es sich um dreiundfünfzig Mark dreht. Wir Menschen haben eine unsterbliche Seele.

Luise Gift *betrachtet sich im Spiegel mit dem Lippenstift:* Ich auch. Ich auch. *Sie schminkt und pudert sich und summt dazu den Toten-marsch von Chopin; plötzlich:* Alfred ist im Café Klups.

Ferdinand Klups? Klups klingt solid. Ist Alfred jetzt in diesem Klups Kellner? Ist er eigentlich schon Oberkellner geworden?

Luise Gift Nein. Er spielt Billard.

Ferdinand So?

Luise Gift Und Karten. Und Schach. Und dann spielt er wieder Billard.

Ferdinand Von was lebt er denn eigentlich?

Luise Gift Eigentlich von mir.

Stille.

Ferdinand Komisch. Also: wo liegt denn dieses Café Klups?

Luise Gift Da gehen Sie einfach immer rechts. Oder links.

Ferdinand Danke.

Luise Gift Bitte.

Ferdinand Komisch.

Luise Gift Sie können es eigentlich gar nicht verfehlen.

Ferdinand Mein Kompliment!

Luise Gift Leben Sie wohl!

Ferdinand Ergebenster Diener!

Luise Gift Sie mich auch!

Ferdinand Gute Nacht!

Luise Gift Ein guter Mensch.

Ferdinand Auf Wiedersehen!

Luise Gift Grüß Gott!

Ferdinand ab.

Luise Gift winkt ihm nach.

Das Fräulein kommt.

Jetzt bin ich aber erschrocken! Ich dacht, es kommt wer anders.

Das Fräulein Wer?

Luise Gift Ich weiß es nicht.

Das Fräulein Das bin nur ich.

Stille.

Luise Gift Nun?

Das Fräulein Ich hab es mir überlegt.

Stille.

Ja. Du hast sehr recht. Man soll sich dafür bezahlen lassen.

Luise Gift Na endlich!

Das Fräulein Endlich.

Luise Gift Ich hab es schon immer gesagt, daß du intelligent bist.

Das Fräulein Ich hab es schon immer gewußt, daß du recht hast, aber ich wollt es nicht sagen. Jetzt sag ichs. Ich machs genau wie du.

Luise Gift Es geht immer leichter und leichter.

Das Fräulein Wer sagt das?

Luise Gift Coué. *Stille.*

Weißt du, was ich dir nicht glaub? Daß du noch niemals dafür Geld genommen hast. Das glaub ich nicht. Du hast doch schon? Was?

Das Fräulein Ich hab erst einmal dafür Geld genommen.

Luise Gift Wann?

Das Fräulein Vorgestern.

Luise Gift Nu und?

Das Fräulein Zwölf Mark.

Luise Gift Gratuliere.

Das Fräulein Ist das viel?

Luise Gift Genug.

Das Fräulein Ich dachte, das wäre normal.

Luise Gift Du Kind. Kindchen. Zwölf Mark sind Henry Ford. Für zwölf Mark verlangt man schon was Elegantes.

Du mußt wer sein. Was vorstellen. Geh mal auf und ab.

Das Fräulein geht auf und ab.

Wie du jetzt so wirkst, kostest du nicht mehr als zwo.

Das Fräulein Ich bin doch kein Tier.

Luise Gift Du sprichst so gewählt.

Das Fräulein Das kommt wahrscheinlich daher, weil ich viel Romane gelesen hab.

Luise Gift Viel Lesen ist ungesund.

Das Fräulein Ich kannte mal einen, der schrieb Romane. In einem hübschen Blockhaus.

Luise Gift Man sieht jetzt sehr hübsche Blockhäuser.

Das Fräulein In der Nähe liegt ein See.

Stille.

Luise Gift Wir werdens schon auch schön haben. Du wohnst natürlich bei mir. Solang du magst.

Stille.

Das Fräulein Du hast mich neulich gefragt, wie alt ich bin. Ich hab gesagt dreiundzwanzig, aber ich werd erst dreiundzwanzig. Im September.

Luise Gift Warum erzählst du mir das jetzt?

Das Fräulein Nur so.

Stille.

Luise Gift Ich seh jünger aus. Nicht?

Das Fräulein Jünger als ich?

Luise Gift Nein, als ich.

Das Fräulein Sicher.

Stille.

Luise Gift Ich hab den ›Generalanzeiger‹ abonniert. Es wird schon gemütlich. Wenn wir uns mal schlecht fühlen, machen wir uns einen Tee und bleiben auch abends daheim. Was hast du jetzt vor?

Das Fräulein Es ist mir gleich.

Luise Gift Dann geh zu mir, ich komm bald nach. Blätter mal in dem Buch auf der Kommode. Man muß sich da auskennen, besonders im zweiten Teil. Es ist ein medizinisches Werk: ›Das Liebesleben in der Natur.‹ Mit Anhang.

Das Fräulein Das kenn ich schon.

Luise Gift Auch den Anhang? Man muß da vorsichtig sein.

Das Fräulein Wohin gehst du jetzt?

Luise Gift Zum Doktor. *Sie kreischt plötzlich:* Glotz mich doch nicht so an!

Alfred *erscheint und überblickt die Situation:* Daß du immer kreischen mußt. *Er geht auf und ab.* Piano, Luise! Piano! Jetzt fletscht sie wieder die Hauer. *Zum Fräulein:* Guten Abend!

Luise Gift Ich hab keine Hauer.

Alfred Natürlich hast du Hauer.

Luise Gift Ich hab Zähne.

Alfred Das kann jeder sagen. Ist das jenes Fräulein?

Luise Gift Was fürn Fräulein?

Alfred Jenes.

Luise Gift Wo?

Alfred Da.

Luise Gift Dort? Dort ist kein Fräulein.

Alfred Na wer ist denn das?

Luise Gift Das ist nichts.

Stille.

Alfred *nähert sich Luise Gift:* Luise. Du machst mich mal wieder korrekt nervös. Das ist unverantwortlich von dir für dich. Du hast mir doch erst gestern von einem Fräulein berichtet, das es sich noch überlegen wollte –

Luise Gift *unterbricht ihn:* Jenes Fräulein geht dich nichts an.

Alfred Piano!

Luise Gift Jenes Fräulein wünscht nämlich nur mich. Sonst niemand. Hörst du?

Alfred *zum Fräulein:* Haben Sie das gehört, Fräulein?

Das Fräulein Ja.

Alfred *zum Fräulein:* Sie lügt, was?

Das Fräulein schweigt.

Luise Gift *nähert sich Alfred; leise:* Laß es mir bitte.

Alfred*spöttisch:* Das ›Nichts‹?

Luise Gift Du hast mir dein Ehrenwort gegeben –

Alfred *unterbricht sie:* Bitte stell mir das Fräulein vor.

Luise Gift Bestie.

Alfred Kusch.

Luise Gift weint.

Das Fräulein So beruhig dich doch! Ist ja widerlich!

Alfred Und ob!

Luise Gift *starrt das Fräulein an:* Wie war das?

Alfred W wie wir, i wie ich, d wie du, e wie elegant, r wie Rücksicht, l wie Luder, i wie infam, ch wie Chonte.

Luise Gift Widerlich.

Das Fräulein Ja.

Alfred Ja.

Luise Gift Sehr widerlich?

Das Fräulein Sehr.

Luise Gift Bestie.

Stille.

Alfred *zum Fräulein:* Hier sehen Sie eine Abart der Hysterie. Luise ist eben kränklich. Bereits als Kind litt sie unter einer allseits porösen Haut. Luischen! Ist die Leber noch frisch? Was hat denn der Doktor gesagt?

Luise Gift*erschlagen:* Ich wollte gerade zum Doktor.

Alfred Na man rasch! Gesundsein ist Trumpf. Bazillen verpflichten! Du solltest Leichtathletik treiben.

Das Fräulein kichert.

Hundert Meter. Diskus. Hürden. Stabhoch!

Luise Gift*tonlos:* Produzier dich nur, produzier dich nur.

Alfred *verbeugt sich vor dem Fräulein und steppt etwas:* Voilà!

Das Fräulein lacht.

Luise Gift Jetzt geh ich. Ja. Jetzt geh ich. *Sie rührt sich nicht vom Fleck.*

Alfred *zum Fräulein:* Ich bin der Alfred.

Das Fräulein Ich hab mirs gleich gedacht.

Alfred Wieso? Hat sie mich verleumdet?

Das Fräulein Im Gegenteil.

Alfred Soweit ich die Gesamtsituation überblicken kann, haben Sie es sich überlegt.

Das Fräulein Ja.

Luise Gift *zum Fräulein; apathisch:* Das ist der Alfred.

Alfred Sie hatte bereits das Vergnügen.

Luise Gift Alfred muß gemein sein, er kann nicht anders.

Alfred Sie lügt.

Luise Gift *will langsam ab, bleibt plötzlich stehen:* Alfred. Ich hab zuvor deinen Bruder gesprochen.

Alfred Bruder? Ist denn der hier? Seit wann?

Luise Gift Ich hab ihn zufällig kennen gelernt.

Alfred Ich bin nur zufällig sein Bruder, er ist nämlich ein Trottel.

Luise Gift Er ist ein guter Mensch.

Alfred Wirds bald?

Luise Gift Ich geh schon.

Alfred Marsch.

Luise Gift ab.

Stille.

Sagen Sie Fräulein: haben Sie sich schon mal das Horoskop stellen lassen?

Das Fräulein Nein. Verstehen Sie was von Planeten?

Alfred Immerhin. Ich beschäftige mich mit okkulten Dingen. Luischen, zum Beispiel, ist im Sternbilde des positiven Wassermann geboren.

Das Fräulein Was bedeutet das?

Alfred Daß man keine Seele hat.

Das Fräulein Sie ist aber sehr aufmerksam zu mir. Sie sagt mir, wie ich gehen muß und alles. Sie hilft mir. Ich kann, zum Beispiel, bei ihr wohnen.

Alfred Weil sie, zum Beispiel, schwül mit u schreibt.

Das Fräulein Ist sie sehr krank?

Alfred Sie wird voraussichtlich erblinden.

Das Fräulein Was fehlt ihr denn?

Alfred Unter anderem ist sie auch mondsüchtig. Ja: bei Vollmond steigt sie aus dem Fenster, klettert die Fassade hoch und tanzt den Tanz ihrer Jugend: Kwadrille! Sie ist nämlich schon stellenweise grau. Sie sind doch blond?

Das Fräulein Wer?

Alfred Sie.

Das Fräulein Blond? Ja.

Alfred Echt?

Das Fräulein nimmt den Hut ab.

Bravo! Bravo.

Stille.

Sagen Sie, gnädiges Fräulein: hätten Sie Sehnsucht, monatlich fünfhundert Mark zu verdienen?

Das Fräulein Wie?

Alfred Monatlich.

Das Fräulein Fünf –

Alfred Hundert. Bar. Fest. Sie.

Stille.

Das Fräulein Danke nein.

Alfred Sie sind wohl total verblödet?

Das Fräulein Möglich.

Alfred Ihr Profil ist zwar begabt.

Das Fräulein Ich hab Angst.

Alfred Vor mir? Wie kann man vor mir Angst haben? Ich hab ja vor mir selbst keine Angst!

Stille.

Das Fräulein Was wird man von mir verlangen für fünfhundert Mark?

Alfred Das Normale.

Das Fräulein Wer?

Alfred Ein gewisser Ibanez aus Parana.

Das Fräulein Ibanez persönlich?

Alfred Nicht ganz.

Das Fräulein Ich geh in keine Kaserne.

Alfred Parana kennt keine kasernierte Liebe! Parana besteht in diesem Punkte lediglich aus Appartements. Ein Haus, ein Fräulein! Das ist Gesetz in Parana, um die schamlose Ausbeutung der Fräuleins zu verhindern und den anständigen Mädchenhandel zu schützen. Die paranensische Reichsregierung –

Das Fräulein *unterbricht ihn:* Wo liegt Parana?

Alfred In Südamerika.

Das Fräulein Nein.

Stille.

Neineinein –

Alfred Lieben Sie Europa?

Das Fräulein Ich geh nicht in die Kolonien.

Alfred Geographie schwach. Außer britisch, französisch und niederländisch Guyanna gibt es in Südamerika bekanntlich keine Kolonien, nur souveräne Staaten. Freie demokratische Republiken. Die Bevölkerung ist vorzüglich spanisch und portugiesisch, mittelgroß, leidenschaftlich und schwarz. Infolgedessen sind Blondinen tatsächlich bevorzugt.

Luise Gift erscheint.

Schon zurück vom Doktor?

Das Fräulein Ich war nicht beim Doktor. Ich hab gehorcht.

Stille.

Alfred Auf Wiedersehen, gnädiges Fräulein! *Ab.*

Stille.

Das Fräulein Vielleicht fahr ich nach Südamerika.

Das Fräulein Sei nicht boshaft.

Das Fräulein Ich bin nicht boshaft.

Das Fräulein Aus Südamerika kommt keine zurück.

Das Fräulein So bleib ich eben dort.

Das Fräulein Du bleibst bei mir.

Das Fräulein Ich bin nicht so veranlagt.

Das Fräulein Ich bin überhaupt nicht veranlagt!

Sie nähert sich ihr.

Ich bin ja ganz anders, aber ich komme so selten dazu –

Sie fährt ihr durch die Haare und zerrt sie plötzlich.

Das Fräulein Au! Laß mich los!

Sie reißt sich los und schlägt sie vor die Brust, daß sie zurücktaumelt.

So laß mich doch! *Sie läuft davon.*

Das Fräulein*lacht:* Auf Wiedersehen! Auf Wiedersehen! *Sie lauscht auf Antwort.*

Stille.

Sie brüllt: Auf Wiedersehen! *Sie lauscht wieder.*

Stille.

Sie wimmert.

Zweites Bild

Ferdinand betritt das Café Klups, hält neben dem Billard und sieht sich um; er ist der einzige Gast. Der Kellner kommt und kaut an einem Trumm Brot.

Ferdinand Guten Abend.

Der Kellner Mahlzeit.

Ferdinand Verzeihung. Ich bin nämlich fremd und kenn mich nicht aus. Ist das hier das Café Klups?

Der Kellner Ja.

Ferdinand Warum steht dann aber draußen ›Café Viktoria‹?

Der Kellner Es heißt ja hier ›Viktoria‹.

Ferdinand Klups heißt wohl der Besitzer?

Der Kellner Nein. Der ehemalige Besitzer.

Stille.

Ferdinand Komisch. Ist Herr Klups schon lange tot?

Der Kellner Herr Klups ist überhaupt nicht tot. Herr Klups hat sich nicht bewährt.

Ferdinand Paragraph?

Der Kellner 181a. »Eine männliche Person, welche von einer Frauensperson, die gewerbsmäßig Unzucht treibt, unter Ausbeutung ihres unsittlichen Erwerbes ganz oder teilweise den Lebensunterhalt bezieht, oder welche einer Frauensperson gewohnheitsmäßig oder aus Eigennutz in Bezug auf die Ausübung des unzüchtigen Gewerbes Schutz gewährt oder sonst förderlich ist, wird

Ferdinand mit Gefängnis –

Der Kellner nicht unter –

Ferdinand einem Monat –

Der Kellner bestraft.‹ Und seitdem heißen wir hier ›Viktoria‹.

Stille.

23

Ferdinand Wieso ›Viktoria‹?

Der Kellner Mich kann man nicht ausfragen.

Ferdinand Es hätt mich ja nur interessiert.

Der Kellner Warum?

Ferdinand Aus Mitgefühl. Man ist doch zu guter Letzt ein Mensch.

Der Kellner Zu guter Letzt. Nehmen Sie Platz!

Ferdinand setzt sich.

Sie wünschen? Kaffee, Tee, Schokolade.

Ferdinand Kaffee.

Der Kellner Tasse oder Kännchen?

Ferdinand Tasse.

Der Kellner ab.

Alfred kommt und entdeckt Ferdinand, der ihn nicht bemerkt; er zieht sich den Rock aus und spielt in Hemdsärmeln Billard gegen sich selbst. Ferdinand erblickt Alfred und erhebt sich überrascht. Alfred fixiert ihn einen Augenblick und setzt das Spiel fort.

Alfred!

Alfred *läßt sich nicht stören:* Ha?

Ferdinand Du bist ja gar nicht überrascht, daß ich dich überrascht hab!

Alfred Nein!

Ferdinand Komisch.

Alfred Ich wußt es schon.

Ferdinand Woher?

Alfred Mich kann man nicht ausfragen.

Ferdinand Es hätt mich ja nur interessiert.

Alfred Warum?

Ferdinand setzt sich.

Stille.

Der Kellner *bringt Ferdinands Tasse; zu Alfred:* Halleluja!

Alfred Kaffee.

Der Kellner Tasse oder Kännchen?

Alfred Kännchen.

Der Kellner ab.

Stille.

Ferdinand Du spielst anscheinend gern Billard. Sehr gern?

Alfred Ja.

Stille.

Ferdinand Alfred. Was hab ich dir denn getan?

Alfred Nichts.

Ferdinand Also?

Alfred Also.

Ferdinand Ich hab dir doch nichts getan –

Alfred Eben!

Ferdinand Achso.

Alfred Ja.

Stille.

Ferdinand Komisch. Ich hab mir gedacht, du wirst freudig überrascht sein.

Alfred Weil du zufällig mein Bruder bist?

Ferdinand Trotzdem.

Alfred Ich lege keinen Wert auf Familienanschluß.

Ferdinand Ja, wir sind eine verkommene Familie. Man muß nur
zurückdenken – als ich zur ersten heiligen Kommunion schritt,
hatte Papa gerade den Pelz gestohlen. Großpapa war übrigens auch
vorbestraft.

Alfred Und Mama?

Ferdinand Laß Mama! Sie hat uns geboren und das genügt.

Alfred Stimmt.

Stille.

Ferdinand Auch wenn wir keine Brüder wären, hätt ich mich gefreut, wenn du freudig überrascht gewesen wärst. Rein menschlich.

Alfred Wenn du mich anpumpen willst, muß ich dir leider eröffnen, daß ich pleite bin.

Ferdinand Du warst noch nie menschlich.

Alfred Ich bin pleite.

Ferdinand Das tut mir aber leid. Rein menschlich.

Alfred Halts Maul. *Stille.*

Ferdinand Ich hab mich emporgearbeitet. Durch Zufall.

Alfred *horcht auf:* Wie?

Ferdinand Durch Zufall.

Alfred Wie heißt der Mann?

Ferdinand Mir hat nämlich der liebe Gott geholfen.

Alfred Was verstehst du unter lieber Gott?

Ferdinand Zweitausend Mark.

Alfred *nähert sich ihm:* Wie war das?

Ferdinand *lächelt:* Ja.

Der Kellner *bringt Alfreds Kännchen:* Wohin?

Alfred Dorthin – Da. *Er setzt sich zu Ferdinand.*

Der Kellner stellt das Kännchen hin und spielt gelangweilt Billard.

Und – sag: Was machst du mit deinem lieben Gott?

Ferdinand Privatisieren.

Alfred Du könntest deinen lieben Gott verdoppeln.

Ferdinand Ah!

Alfred Verdoppeln. Garantiert.

Ferdinand Wer garantiert?

Alfred Ich.

Ferdinand Solche Geschäfte mach ich nicht.

Alfred Das sind durchaus korrekte Geschäfte.

Ferdinand Ich meine die Garantie.

Alfred Sofort! Erstens: ich habe eine Agentur. Eine Stellenvermittlung nach Südamerika. Wenn man nur einen Teil deines lieben Gottes hätte, könnte man den Betrieb bedeutend rentabler ausbauen.

Ferdinand Was sind das für Stellungen.

Alfred Überwiegend Kindergärtnerinnen.

Ferdinand Schämst du dich nicht, mich für so dumm zu halten?

Alfred Pardon, wenn ich dich für dümmer hielt.

Stille.

Ferdinand Ich würde ja das Geschäft trotzdem machen, obwohl es rein menschlich natürlich nicht zu verantworten wäre, aber auch das Menschliche ist nicht absolut und daher die Konzessionen. Du siehst, ich hab mich mit Philosophie beschäftigt.

Alfred Jawohl.

Ferdinand Jetzt trink ich, zum Beispiel, ein Täßchen Kaffee und wenn ich den lieben Gott verdoppeln könnte, dann wärs ein Kännchen. Es dreht sich oft nur um ein Kännchen im menschlichen Leben.

Alfred Jawohl.

Ferdinand Ich hab viel vom Leben gelernt und hätt nichts dagegen, wenn ich mir ein Kännchen bestellen könnt.

Alfred Du wirst dir eine Kaffeeplantage –

Ferdinand *unterbricht ihn:* Erzähl!

Alfred Gegenwärtig stehe ich gerade vor einem Abschluß. Mit der bekannten Firma Ibanez. In Parana. Ich kann aber leider nur die Hälfte der Transportkosten decken; könnte man die ganze Überfahrt bezahlen, so wäre dein lieber Gott in sechs Wochen verdoppelt.

Ferdinand Und die Garantie?

Alfred Bin ich.

Ferdinand Das ist mir zu gewagt.

Alfred Du bist doch mein Bruder.

Ferdinand Ich lege keinen Wert auf Familienanschluß.

Alfred Wiederhol mich nicht! Aber auch wenn wir keine Brüder wären – rein menschlich.

Ferdinand Wiederhol mich nicht.

Stille.

Alfred Wer nichts wagt, verdoppelt auch nichts.

Ferdinand Ich bin kein Hasardeur.

Alfred Und wo bleibt dann dein Kännchen?

Ferdinand Das war ja ein Grund.

Alfred Um was zu wagen.

Ferdinand Etwas Kühnes!

Alfred Grandioses!

Ferdinand Monte Carlo!

Alfred Gesprengt! Abgemacht?

Ferdinand Abgemacht.

Luise Gift kommt.

Guten Abend, gnädige Frau!

Luise Gift Grüß Gott!

Alfred erblickt sie und zuckt zusammen; erhebt sich.

Komm mal her, bitte.

Alfred *nähert sich ihr:* Na?

Luise Gift Kannst du es erraten, was ich jetzt am liebsten tun würde?

Alfred Nein. Und dann interessiert es mich auch nicht.

Luise Gift Du hast wieder einmal dein Ehrenwort gebrochen.

Alfred Es interessiert mich nicht, Luischen.

Luise Gift Du bist eine korrupte Kreatur.

Der Kellner *zu Luise Gift:* Was wünschen die Dame?

Alfred Nichts.

Luise Gift Kaffee.

Der Kellner Tasse oder Kännchen?

Luise Gift Kännchen.

Der Kellner ab.

Alfred Na denn Adieu!

Luise Gift Halt! Hast du mir nicht dein Ehrenwort gegeben, daß du mir das Fräulein läßt? Daß du sie mir nicht, wie die anderen –

Alfred *unterbricht sie:* Ich bin Kaufmann. Mit Leib und Seele.

Luise Gift Wenn sich das Fräulein nach Südamerika einschifft –

Alfred *unterbricht sie:* Dann?

Luise Gift *grinst:* Ich meinte nur.

Alfred Der Zeigefinger hat mir nicht gefallen.

Luise Gift Und er hat doch mal für dich geschworen –

Alfred Kusch. Erwähne ich denn mein Vorleben?

Luise Gift Im eigenen Interesse? Kaum.

Alfred Kehre ich jemals den Fähnrich hervor? Betone ich jemals, daß ich eine Hoffnung der europäischen Filmindustrie war?

Luise Gift *grinst:* Ein Bonvivant –

Alfred Ich verbitte mir jede Verleumdung. Das war schon lange vorher. Du weißt, daß meine Augen die Jupiterlampen nicht ertragen konnten. Oder?

Luise Gift Oder.

Alfred Luischen. Was wird denn, wenn sich das Fräulein nach Südamerika –?

Luise Gift*grinst:* Zuchthaus. Zuchthaus.

Alfred Für dich?

Luise Gift Für dich.

Alfred Luischen. Du hast mal einen Meineid geschworen. Einen korrekten Meineid.

Luise Gift Für dich.

Alfred Egal.

Luise Gift Mir ist alles egal.

Alfred Mir nicht. Merk dir das.

Luise Gift Das weiß ich. Drum zeig ich dich ja an –

Alfred Nur kein Lärm –

Luise Gift Sonst?

Alfred Gib acht! Mir kann nämlich nichts passieren, denn dir fehlt der zwote Zeuge.

Luise Gift*grinst.* Daß dich immer das Gesetz schützt –

Alfred Es gibt noch eine Justiz.

Luise Gift Es wird auch noch Leute geben, die auf den zwoten Zeugen pfeifen –

Alfred Utopisten. Idealisten. Alles, nur keine Realpolitiker!

Ferdinand Bitte, stell mich der Dame vor.

Alfred Mein Bruder Ferdinand – Frau Luischen Gift.

Ferdinand *verbeugt sich:* Ich hatte bereits das Vergnügen.

Luise Gift Wir kennen uns.

Ferdinand Sehr erfreut!

Luise Gift Seit wir uns gesehen haben, hat Ihr Bruder Alfred schon wiedermal sein Ehrenwort gebrochen.

Alfred zu Luise Gift: Ob du parierst?

Luise Gift Daß du mich nicht anrührst, daß du mich nicht an –

Alfred Toll! Ich kann es mir tatsächlich nicht vorstellen, in welch sozialer Schicht du dich neuerdings bewegst, da du befürchtest, ich könnte ein Weib mißhandeln.

Luise Gift Hast mich noch nie, was?

Alfred Nie.

Luise Gift Und am siebzehnten März?

Alfred *zu Ferdinand:* Sie lügt.

Ferdinand *lächelt verlegen.*

Luise Gift Bestie.

Alfred Kusch. *Ab.*

Der Kellner kommt und stellt Luise Gifts Kännchen auf Ferdinands Tisch.

Ferdinand *bietet Luise Gift Platz an:* Darf ich bitten –

Trommelwirbel   in   der   Ferne.
Luise   Gift   erstarrt.
Schminke betritt rasch das Café Klups und setzt sich.

Der Kellner *zu Schminke:* Der Herr wünschen?

Schminke Kaffee.

Der Kellner Tasse oder Kännchen?

Schminke Tasse. *Er zieht ein Manuskript aus seiner Tasche und korrigiert.*

Ferdinand   erkennt   Schminke.
Abermals Trommelwirbel. Plötzlich ist alles beflaggt; riesige Fahnen hängen in das Café Klups. Militärmusiktusch. Hochrufe und begeisterter Applaus   in   einem   überfüllten   Versammlungssaal. Der Kellner horcht. Ferdinand fixiert Schminke.

Stille.

Luise Gift *nähert sich tastend entsetzt dem Kellner; lallt:* Herr Doktor. Jetzt fang ich mich an zu fürchten, Herr Doktor –

Der Kellner Ich bin kein Doktor.

Luise Gift Hab ich Doktor gesagt?

Der Kellner Man soll sowas nicht vernachlässigen.

Luise Gift Was? Du, warum ist denn plötzlich alles beflaggt? Ich hab so Angst vor diesen Fahnen – weil dann sind auch im Spiegel lauter Fahnen und dann merk ich, daß ich bald er- *Sie stockt.*

Der Kellner er-

Luise Gift Vor vier Wochen konnt ichs von hier aus noch lesen: ›Für Damen‹ – ›Für Herren‹ – Jetzt verschwimmts. Ich sehs nicht mehr. Mit der Zeit verschwimmt alles. Nicht?

Der Kellner Wahrscheinlich.

Luise Gift Wie einfach sich das sagen läßt. Jetzt möcht ich eine Postkarte schreiben.

Der Kellner Nanu?

Luise Gift *ist anderswo:* Kartengrüße. An mich selbst.

Ferdinand *zum Kellner:* Verzeihung. Ich bin nämlich fremd und kenn mich nicht aus. Warum ist denn plötzlich alles beflaggt?

Der Kellner Um den Kongreß zu ehren.

Man hört wieder begeisterten Applaus.

Ferdinand Was ist das für ein Kongreß?

Der Kellner Ein internationaler Kongreß.

Luise Gift*lauernd:* Was will denn der Kongreß?

Der Kellner Er will die Bekämpfung der Prostitution international organisieren mit besonderer Berücksichtigung des internationalen Mädchenhandels.

Luise Gift setzt sich.

Der Kellner stellt Tischfähnchen auf die Tische. Laut einem Erlaß des Gesamtkabinetts und einer ortspolizeilichen Vorschrift muß alles beflaggt werden. Zuwiderhandlungen werden strafrechtlich verfolgt.

Luise Gift *grinst irr:* Fahnen heraus! Fahnen heraus!

Der Kellner Ruhe! *Er horcht.* Wenn man nämlich sehr horcht, hört man den Kongreß reden, aber man muß ein feines Gehör haben.

Stille.

Jetzt spricht der Berichterstatter.

Luise Gift Was erzählt er denn, der Herr Berichterstatter?

Der Kellner Ich versteh nicht, was er sagt. Er spricht nämlich spanisch.

Ferdinand Nein, das ist Portugiesisch.

Der Kellner Können Sie Portugiesisch?

Ferdinand Nein.

Luise Gift So. Also die Prostitution wollen Sie bekämpfen –

Der Kellner Genau wie am Kongo, so auch an der Spree.

Ferdinand Auch in Chile.

Der Kellner Auch in Kolumbien.

Ferdinand Auch in Ecuador.

Der Kellner Auch in Paraguay.

Ferdinand Auch in Uruguay.

Der Kellner Auch in Venezuela.

Ferdinand Auch in San Salvador.

Schminke Wo bleibt denn mein Kaffee?

Der Kellner Tasse oder Kännchen?

Schminke Tasse!

Luise Gift Wer ist denn das?

Der Kellner Ein schlechter Mensch.

Ferdinand Haben Sie ihn vergessen, gnädige Frau? Das ist doch jener Herr, der einer verstorbenen Nutte dreiundfünfzig Mark schuldet.

Luise Gift Was will denn dieser schlechte Mensch?

Der Kellner Eine Tasse.

Ferdinand Und dann will er die käufliche Liebe bekämpfen.

Luise Gift Also ein Delegierter. *Sie erhebt sich.*

Der Kellner Aus Sumatra.

Ferdinand Aus Java.

Der Kellner Aus Parana! Aus Parana!

Luise Gift setzt sich an Schminkes Tisch und lächelt.
Schminke setzt sich an einen anderen Tisch.
Ferdinand und der Kellner sehen interessiert zu.
Luise Gift setzt sich wieder zu Schminke und blickt in sein Manuskript.

Schminke Sie wünschen?

Luise Gift*lächelt:* Sie müssen deutlicher schreiben, sonst kennt sich ja keiner aus. Sie wollen doch den Mädchenhandel bekämpfen?

Schminke Ich bewundere Ihre Beobachtungsgabe.

Luise Gift Oh, bitte! Herr! Nach Südamerika wird ein Fräulein verkauft!

Schminke Ich muß Ihnen leider sagen, daß ich mich für Einzelfälle nicht interessiere. Prinzipiell nicht.

Ferdinand Prinzipiell.

Schminke Ein derartiges Eingehen auf Einzelschicksale wäre lediglich zwecklose Zersplitterung.

Luise Gift Sie wollen sich also nicht zersplittern und lieber das Fräulein verkaufen –

Schminke *unterbricht sie:* Ich bin doch kein Kommissariat! Erstatten Sie Anzeige.

Luise Gift Mir fehlt der zwote Zeuge.

Schminke Hätten Sie auch den zwoten Zeugen, könnte man meiner Überzeugung nach, an dem Wesen der Dinge nichts ändern. Es ist doch völlig egal, ob sich das Fräulein in Südamerika oder in Mitteleuropa prostituiert. Der Mädchenhandel spielt ja auch eine sekundäre Rolle, das primäre ist die Prostitution und vor allem ihre Entstehung.

Stille.

Luise Gift Sie bekämpfen also prinzipiell die käufliche Liebe, junger Mann?

Schminke Wenn es Sie nicht stört: ja.

Luise Gift*grinst:* Es stört mich nicht, wenn du mich bekämpfst, Schnucki –

Schminke *zum Kellner:* Ich möchte endlich meinen Kaffee!

Der Kellner Tasse oder Kännchen?

Schminke Tasse! Tasse zum tausendstenmal!

Der Kellner Nanana! *Ab.*

Ferdinand Ein schlechter Mensch.

Luise Gift Nanana – Darf man fragen: wie wird man hier eigentlich bekämpft? Mit dem Füllfederhalter?

Schminke Leider.

Luise Gift*gehässig:* Sie möchten wohl Reichspräsident werden?

Schminke Ich bitte zu berücksichtigen, daß ich eine Denkschrift korrigiere. An die Adresse des Kongresses.

Luise Gift *ahmt ihn nach:* Ich bitte es zu berücksichtigen, daß ich von Ihrem Kongreß bekämpft werd.

Schminke Nicht Sie! Nur Ihr Beruf!

Luise Gift Nur? Was soll ich denn, wenn der Kongreß meinen Beruf abschafft, he? Was kann ich denn? Ich muß wieder von vorn anfangen! *Sie ahmt ihn wieder nach:* Ich bitte es zu berücksichtigen, daß die ganzen Delegierten mich vernichten wollen, indem daß sie bloß immer vom großen S daherreden! Korrigieren Sie es in Ihrer Denkschrift, daß der Kongreß die wuchernden Hotels bestrafen soll!

Schminke *erhebt sich:* Das ist eine völlige Verkennung –

Luise Gift Ein Skandal ist das! Ein Skandal!

Der Kellner kommt mit Schminkes Tasse.

Schminke Zahlen!

Der Kellner Dreiundfünfzig Mark.

Luise Gift Schämen Sie sich! Schämen Sie sich! Eine tote Nutte bestehlen!

Ferdinand Prinzipiell.

Drittes Bild

Schminke wartet auf einem Platz voller Fahnen vor dem Kongreßsaal.
Im Kongreßsaal wird begeistert applaudiert.
Schminke horcht; geht auf und ab.

Der Generalsekretär *erscheint; er ist im Frack und sehr nervös:* Herr
Schminke! *Schminke eilt auf ihn zu.*

Sie sind Herr Schminke? Ich bin der Generalsekretär des internationalen Kongresses für internationale Bekämpfung der internationalen Prostitution und habe enorm zu tun. Herr Schminke sind
Presse? Ich bedaure es außerordentlich, daß Sie bei der Absendung
der Pressekarten übersehen worden sind, denn ich und der Kongreß legen auf eine großzügige Zusammenarbeit mit der Presse den
allergrößten Wert. Auf alle Fälle freut es mich ehrlich, Ihnen bereits
heute mitteilen zu können, daß die aufopferungsvolle Arbeit des
Kongresses bereits heute äußerst beachtliche Erfolge gezeitigt hat.
So hat der Kongreß bereits bis heute zwölf Unterausschüsse eingesetzt, die die Reihenfolge der zur Diskussion stehenden Programmpunkte bestimmen sollen. Ja!

Schminke Es freut mich außerordentlich, daß die Reihenfolge der
zur Diskussion stehenden Programmpunkte bereits heute bestimmt
wird.

Der Generalsekretär Werden soll! Ja!

Schminke Und was die Absendung der Pressekarten betrifft, so
würde ich mich allerdings außerordentlich wundern, wenn ich
nicht übersehen worden wäre.

Der Generalsekretär Ja!

Schminke Und was die Bekämpfung der Prostitution betrifft –

Der Generalsekretär *unterbricht ihn:* Ja! Na denn Hochachtung! *Er*
will ab.

Schminke Halt! Es dreht sich hier nicht um Pressekarten!

Der Generalsekretär Sondern?

Schminke *überreicht ihm sein Manuskript.*

Was ist das?

Schminke Eine Denkschrift.

Der Generalsekretär Was soll ich damit?

Schminke An die Adresse des Kongresses.

Der Generalsekretär Motto?

Schminke ›Mit Aufhebung der bürgerlichen Produktionsverhältnisse verschwindet auch die aus ihnen hervorgehende offizielle und nicht offizielle Prostitution.‹

Der Generalsekretär Wer sagt das?

Schminke Das wissen Sie. *Stille.*

Der Generalsekretär Ich weiß nichts. Lassen Sie die bürgerlichen Produktionsverhältnisse in Ruhe, Sie Kommunist! Ja!

Schminke Haben Sie den traurigen Mut zu leugnen, daß die Prostitution ausschließlich ein Produkt wirtschaftlicher Not ist?

Der Generalsekretär Nicht ausschließlich!

Schminke Zu neunundneunzig Prozent!

Der Generalsekretär Zu achtundneunzig!

Schminke Zu neunundneunzig!

Der Generalsekretär Zu hundert! Wenn Sie nämlich auch die seelische Not berücksichtigen wollen! Auch Königinnen leiden Not! Auch am Golfplatz wird gelitten! Ja!

Schminke Nur kein Pathos.

Der Generalsekretär Es ist mir bekannt, daß gewisse Elemente jede Regung seelischer Not als bürgerliches Vorurteil verhöhnen. Ja! Also: ich bestätige hiermit den Einlauf Ihrer sogenannten Denkschrift, die der Kongreß zu den Akten legen wird, da die Prostitution bekanntlich unausrottbar, ja kaum bekämpfbar ist, weil das Prinzip der käuflichen Liebe zu tief in uns verankert ist, man möchte fast sagen: die käufliche Liebe ist ein wesentlicher Bestandteil des Menschlichen schlechthin. Ja!

Schminke Sie verteidigen die Prostitution?

Der Generalsekretär Sie zwingen mich dazu! Ja!

Schminke Nein.

Der Generalsekretär Bringen Sie mich nicht aus dem Konzept, Sie!

Schminke Was soll denn der ganze Kongreß?!

Der Generalsekretär Organisieren! Die internationale Bekämpfung der internationalen Prostitution international organisieren. Ja! *Er will rasch ab, kehrt aber plötzlich um und fixiert Schminke.* Was haben Sie soeben gesagt?

Schminke Kritik.

Der Generalsekretär Ich warne Sie.

Schminke Danke.

Der Generalsekretär Bitte. Ich warne Sie zum zweiten Male. Der Kongreß streitet Ihnen das moralische Recht zur Kritik kraft seines guten Willens glatt ab, und Ihr politisches Recht verstößt gegen die Verfassung. Ich warne Sie zum dritten Male. Wenn Sie Ihren Platz nicht schleunigst verlassen, so lasse ich ihn räumen. Ja!

Schminke rührt sich nicht.

Also: Wollen Sie freiwillig folgen?

Schminke Nennen Sie das freiwillig?

Der Generalsekretär Ich fühle mich voll der Langmut, und Sie tragen die Konsequenz. Ich warne Sie zum vierten Male.

Schminke Zum fünften Male.

Der Generalsekretär Zum sechsten Male! Ich zähle noch bis zehn. Bei zehn stehen Sie an der Wand. Garantiert. Der Kongreß ist zwar gut, aber streng und infolgedessen gerecht. Ja! *Er zählt:* Sieben. Acht. Neun. Nun?

Schminke Zehn.

Der Generalsekretär Schweigen Sie! Wer zählt da?! Wer zählt da im wahren Sinne des Wortes?! Ich oder Sie?!

Schminke Zehn.

Der Generalsekretär So schweigen Sie doch, Sie Fanatiker! Das könnte Ihnen so passen, den Märtyrer zu markieren!

Der Kongreß will keine Heiligenscheine, Herr! Und ich persönlich kann keiner Fliege ein Haar krümmen und bin zu guter Letzt nur ein Angestellter, der davon lebt, daß er für den Kongreß verantwortlich zeichnet! Wie wärs mit einem Kompromiß?

Schminke Ich zähle.

Der Generalsekretär Herr Schminke. Ich bin Familienvater und wenn Sie den Platz nicht räumen, wird mir zum Ersten gekündigt.

Schminke Ich möchte sehen, ob der Kongreß den Mut hat, mich bei zehn an die Wand zu stellen.

Der Generalsekretär Natürlich hat der Kongreß den Mut, aber ich trage die Verantwortung, Sie verantwortungsloses Subjekt! Sie tragen natürlich keine Verantwortung, wenn Sie erschossen werden! ›Nicht der Mörder, der Ermordete ist schuldig‹ – auch sone Literatenerfindung! Ja!

Schminke *zählt:* – sieben, acht, neun, zehn!

Trommelwirbel.
Der Generalsekretär hält sich verzweifelt die Ohren zu. Soldaten mit Gasmasken und aufgepflanztem Seitengewehr erscheinen im Hintergrunde.

Der Generalsekretär Le Kladderradatsch!

Hauptmann *tritt vor und spricht österreichisch:* Pardon, meine Sährverehrten! Mir scheint, als hätt hier wer bis zehn gezählt – a servus, Herr Generalsekretär! Na was machtn der Kongreß? Beratn? So? Apropos Kongreß: die Henriett laßt si scheidn. Die Schwester von der Henriett is die Josephin. Und die Schwester von der Josephin is die Pojdi.

Schminke Hauptmann! Ich habe bis zehn gezählt und fordere füsiliert zu werden.

Stille.

Hauptmann *starrt Schminke an; er spricht plötzlich preußisch:* Wa? Wie? Wer istn dieser Kümmeltürke?

Der Generalsekretär Er bekämpft die bürgerliche Produktionsweise.

Hauptmann*österreichisch:* Bürgerliche Produktionsweis? Weiß der Teifl, was das is! Apropos Produktionsweise: die Christl heirat an Judn.

Schminke Na wirds bald?

Hauptmann*preußisch:* Halten Sie die Fresse, Lausejunge! Kümmeltürke!

Schminke Ich fordere füsiliert zu werden!

Hauptmann*preußisch:* Fresse, Fresse! Hier wird nicht jefordert, hier wird jehorcht! Disziplin! Kümmeltürke, Kümmeltürke!

Der Generalsekretär Ich heiße Pontius Pilatus und wasche meine Hände in Unschuld. Mein Name ist Hase, und für Tumultschäden durch höhere Gewalt trägt ausschließlich jener Kümmeltürke die Verantwortung! Ja!

Hauptmann*österreichisch:* Aber mein sehr verehrter Herr von Hase, aber das is doch ganz wurscht, wer die Verantwortung trägt.

Er kommandiert: Stillgestanden!

Soldaten stehen still.

Wollens der Exekution beiwohnen, Herr von Hase?

Der Generalsekretär Danke, nein. Ich kann keine Exekution sehen, ich leide nämlich an einem nervösen Magen.

Hauptmann*österreichisch:* Geh, wer wirdn so verweichlicht sein, Herr von Hase! Oder sans gar gegn die Todesstraf?

Der Generalsekretär Oh, nein!

Hauptmann*österreichisch:* Wissens, so a Deliquenterl is halt nur a arms Hascherl, aber man muß ihm halt derschiessn, wo bleibtn sunst die Autorität? Es muß halt sein, in Gotts Namen!

Der Generalsekretär Amen! *Rasch ab.*

Hauptmann*kommandiert:* Zum Gebet!

Soldaten beten.
Schminke steht mit dem Rücken zum Publikum an einer imaginären
Wand.

Legt an!

Feuer!

Soldaten füsilieren Schminke.
Im Kongreßsaal wird begeistert applaudiert.
Schminke bleibt unbeweglich aufrecht stehen.

Hauptmann*kommandiert:* Weggetreten!

Soldaten ab.
Hauptmann zündet sich eine Zigarette an.
In einer kleinbürgerlichen Wohnung erklingt der Donauwalzer: Klavier
und Violine.
Hauptmann summt mit.

Schminke *nähert sich ihm langsam:* Hauptmann.

Hauptmann Pardon! Mit wem hab ich die Ehr?

Schminke Sie haben mich doch soeben füsiliert.

Hauptmann Ah, der Herr von Schminke! Aba freilich, hab Sie ja
jetzt grad hingricht. Aba wissens, Herr von Schminke, mit sowas is
dann für mich so ein Fall erledigt. Sie san für Ihre Sachn bestraft
und wenn aner für seine Untaten gebüßt hat so is die Sach für mich
akkurat erledigt. I trag niemand was nach. Es is ganz so, als wär nix
geschehn. Darf i Ihnen a Zigarettn – ? *Er bietet ihm eine an.*

Schminke Sie irren sich. Ich bin ja tot.

Hauptmann *starrt ihn an:* Aso. Ja. Aba natürlich!

Schminke Ich bitte Sie nur zu berücksichtigen, daß Sie mich erle-
digen konnten, daß man aber meine Idee nicht töten kann.

Hauptmann Was meinens denn für a Idee?

Schminke Haben Sie Angst?

Hauptmann Aba Herr von Schminke!

Schminke Ich bin kein Herr. Ich bin eine Idee.

Hauptmann Also wissens, vor aner Idee hab i schon gar ka Angst.

Schminke Es gab einmal einen römischen Hauptmann, der sagte: ›So stirbt kein Mensch.‹ Und damit sagte er bereits –

Hauptmann *unterbricht ihn:* Na was werd er scho gsagt habn, der römische Rittmeister?

Schminke Daß er die neue Welt sieht.

Hauptmann Amerika?

Schminke Nein.

Stille.

Hauptmann *begreift plötzlich:* Aso.

Schminke Ja.

Stille.

Auf Wiedersehen! *Ab.*

Hauptmann *zum Publikum:* Also die neue Welt, des warn die Katholikn und die alte Welt, des warn die Judn, respektive die Antike. Die war a scho morsch, man muß ja bloß an die Ausschweifungen der Remerinnen denkn – *Er denkt.* Aba pensionieren hat er sie do net lassn, der remische Rittmeister, wenn er a den allgemeinen Verfall, gewissermaßen Vision –

A! Redn mer von was anderm!

Viertes Bild

Ferdinand wartet im Hafen, dort wo man nach Südamerika fährt. Alle Schiffe sind reich beflaggt. Er steht unter einem Transparent: »Willkommen zum internationalen Kongreß für internationale Bekämpfung des internationalen Mädchenhandels«.

Ein Polizist kommt.

Ferdinand Verzeihung. Ich bin nämlich fremd und kenn mich nicht aus. Ist es schon neunzehn Uhr?

Der Polizist Wenn die Sirene dort oben heult, dann ist es neunzehn.

Ferdinand Wo?

Der Polizist *deutet nach oben:* Dort.

Stille.

Ferdinand Ich seh keine Sirene.

Der Polizist Ich seh sie aber deutlich.

Ferdinand Ich bin nämlich kurzsichtig.

Der Polizist Ich nicht.

Die Sirene heult. Stille.

Jetzt ist es neunzehn.

Ferdinand *verbeugt sich:* Danke.

Der Polizist *salutiert:* Bitte! *Ab.*

Ferdinand *sieht ihm nach:* Ein guter Mensch.

Alfred kommt; grüßt kurz und lautlos.
Ferdinand grüßt infolgedessen auch lautlos.

Stille.

Alfred *mißtrauisch:* Das war doch ein Polizeipräsident?

Ferdinand Möglich.

Alfred Was wollt er von dir?

Ferdinand Nichts. Ich wollt was von ihm.

Alfred Erniedrig dich nicht.

Ferdinand Ich hab nur gefragt, ob es schon neunzehn ist –

Alfred Ich bin pünktlich.

Ferdinand Ich auch.

Alfred Hast dus dabei.

Ferdinand Ja. Ja. *Er lächelt verschämt.*

Alfred *fixiert ihn:* Den ganzen lieben Gott?

Ferdinand *verlegen:* Ja. Nein. Ich hab mir nämlich gedacht, daß vielleicht vorerst auch der halbe liebe Gott reichen könnte, dürfte, müßte, sollte –

Stille.

Alfred Trottel.

Ferdinand Bitte?

Alfred Na gib schon her.

Ferdinand gibt ihm den halben lieben Gott.

Alfred zählt die Scheine, steckt sie ein und quittiert. Da. *Er atmet auf.* Endlich Luft. Als kleiner Kaufmann erwürgt dich die Konkurrenz, aber schon mit einem halben lieben Gott in der Tasche kann man an die Gründung des Konzerns – *Er sinniert.* Unberufen!

Ferdinand Glück auf!

Alfred Kusch. *Stille.*

Ferdinand Was bin ich jetzt eigentlich?

Alfred Mein Teilhaber. Mein Mitdirektor. Mein Aufsichtsrat! *Er reicht ihm die Hand.*

Ferdinand *schlägt ein:* Alfred!

Alfred Unberufen!

Ferdinand Glück auf!

Alfred Kusch! Man soll sowas nicht verschrein!

Ferdinand Man darf doch noch gratulieren –

Alfred *entdeckt das Transparent, starrt es fasziniert an und buchsta-biert:* – ›internationaler Kongreß – Bekämpfung des Mädchenhan-dels – Willkommen‹ – Willkommen?

Ferdinand Ja.

Alfred Was soll denn das?

Ferdinand Das ist der Kongreß.

Alfred Das ist aber peinlich. Hoffentlich kein Omen. Ausgerech-net am Tag der Geschäftserweiterung – ›Willkommen?‹ – Der Kon-greß kann uns ja zwar nichts, jedoch, aber, trotzdem, dennoch, in-folge –

Ferdinand Wann krieg ich nun mein Kännchen?

Alfred Was für Kännchen?

Ferdinand Mein Kännchen Kaffee. Ich hab mich doch nur des-halb beteiligt. Was ich tu, ist doch alles nur um ein Kännchen.

Alfred Und mit sowas ist man verwandt.

Ferdinand Du kannst doch nichts dafür.

Alfred Trottel.

Ferdinand Bitte?

Stille.

Alfred *leise:* Ich kann dich nicht länger vertragen.

Ferdinand Bitte?

Alfred *laut:* Geh in das Café Klups und bestell dir dein Känn-chen. Du bist mein Gast.

Ferdinand *starrt ihn erschüttert an:* Verzeih mir bitte, lieber Bru-der.

Alfred Was denn?

Ferdinand Daß ich dich für schlechter hielt, als du bist. Ich hätt es wirklich nicht gedacht, daß du soviel Herz hast. Ich danke dir. Ich werds dir nie vergessen. *Er will ab, hält jedoch plötzlich.* Verzeihung. Ich bin nämlich fremd und kenn mich nicht aus. Wie komm ich nun am besten in das Café Klups?

Alfred Du bist schon richtig.

Ferdinand Auf Wiedersehen! *Ab.*

Alfred sieht auf seine Uhr und will ab.
Luise Gift erscheint und versperrt seinen Weg.
Alfred fixiert sie, ohne zu grüßen.

Stille.

Luise Gift Lach mich nicht aus, bitte.

Alfred *grinst:* Du Krüppel. Du Mißgeburt. *Schroff:* Weg! Ich hab ein Rendezvous.

Luise Gift Mit dem Fräulein?

Alfred Wahrscheinlich.

Luise Gift Es ist mir aus den Augen gekommen, das Fräulein.

Alfred *ungeduldig:* Aus den Augen –

Luise Gift – aus dem Sinn.

Alfred *horcht auf:* Tatsächlich?

Luise Gift nickt; ja.

Gratuliere. *Er sieht wieder auf seine Uhr und will rasch ab.*

Luise Gift Alfred! Ich wollt dich nur um eine Minute bitten –

Alfred Eine Minute hat sechzig Sekunden. Sechzig ist viel. *Er schreit sie an:* Einen anderen Kopf, wenn man bitten darf, ja?!

Luise Gift Ich schneid sofort ein lustiges Gesicht, wenn ich weiß, daß du mir verzeihst –

Alfred Das zuvor? Eine Drohung ohne zwoten Zeugen? Quatsch, ich bin nicht kleinlich.

Luise Gift Schlag mich.

Stille.

Alfred fixiert sie mißtrauisch und nähert sich ihr.

Schlag mich.

Alfred Nein.

Luise Gift Quäl mich nicht, schlag mich.

Alfred Warum?

Luise Gift Weil ich es verraten hab, daß du das Fräulein nach Südamerika verkaufst – Schlag mich.

Stille.

Alfred *langsam, lauernd:* Wem hast du mich verraten?

Luise Gift Dem Kongreß.

Alfred Und?

Luise Gift Zuerst hab ichs einem Delegierten verraten, aber der wollt nichts davon wissen, der war nämlich so prinzipiell – und dann hab ich das Fräulein überall gesucht und nirgends gefunden und dann hats mich gepackt – *Sie brüllt:* Im Kopf hats mich gepackt, im Kopf – *Sie wimmert* – da bin ich zum Kongreß und habs dem Herrn Generalsekretär verraten –

Alfred Und was meinte der Herr Generalsekretär?

Luise Gift Er war sehr höflich, der Herr Generalsekretär, und hat mich hinausbegleitet und dann hat er gemeint, ohne Zeugen könnt man zwar nichts wollen, aber er will dennoch den Fall aufgreifen, hat er gemeint – in irgendeiner Form –

Stille.

Alfred kneift sie in den Arm.

Au! Au! Au –

Stille.

Alfred Das war perfid.

Luise Gift Ich Widerrufs. Ich schwörs ab.

Alfred Hyäne.

Luise Gift Verzeihs mir, bitte. Bitte.

Alfred Nein, ich schlag dich nicht.

Luise Gift Bitte schlag mir ins Gesicht. Mit der Faust.

Alfred Rechts oder links?

Luise Gift Mitten ins Gesicht – bitte –

Stille.

Alfred Du riechst aus dem Mund. Nach Schnaps.

Luise Gift Ich werd es wieder gutmachen –

Alfred Kannst du es ungeschehen machen? Nein, sagt Strindberg, der schwedische Dichter.

Luise Gift Bitte. Sonst bin ich allein.

Alfred Ich nicht.

Luise Gift Lüg nicht. Lach mich nicht aus, bitte.

Stille.

Alfred Wir wollen sachlich bleiben. Wir wollen uns nicht weh tun, lösen wir unsere Liaison, die uns viele reine Freude brachte, sanft und korrekt, um uns ohne bitteren Geschmack rückerinnern zu können. Schau, Luischen, ich bin jung und du bist alt. Du darfst es nicht forcieren, daß ein normal immerhin entwickelter junger Mann sich zeitlebens an dich kettet. Es hat keinen Sinn, daß ich dir verzeihe, denn einerseits kannst du mir nur mehr Unannehmlichkeiten bereiten und andererseits kannst du mir nicht mal mehr nützen. Mir hat nämlich der liebe Gott geholfen. Weißt du, was das heißt?

Luise Gift Nein, das weiß ich wirklich nicht. Lach mich nur aus –

Alfred Das sieht nur so aus. *Ab.*

Luise Gift *allein:* Futsch.

Stille.

Er war ja sogar höflich. – Radikal futsch.

Stille.

Was hat er gesagt? Der liebe Gott hat ihm geholfen? Wenn es einen lieben Gott gibt – was hast du mit mir vor, lieber Gott? Hörst du mich, lieber Gott? – Du weißt ich bin in Düsseldorf geboren. – Lieber Gott, was hast du mit mir vor, lieber Gott –?

In der Ferne spielt eine Jazzband und nähert sich; der Hafen verwandelt sich in das Café Klups; die Gäste, meist Prostituierte, Rennsachverständige und Zuhälter lassen sich vom Kellner bedienen; ein neues Transparent taucht auf: »Tanz im Café Klups. Betrieb! Stimmung! Laune!«; *die Jazz-band betritt das Podium.*

Luise Gift ist es, als würde sie all das träumen. Allgemeiner Tanz im Café Klups.

Der Polizist*wächst aus dem Boden und hebt die Hand:*

Halt!

Alles verstummt.
Der Kellner verbeugt sich vor dem Polizisten.

Der Polizist schnarcht. Wo ist denn das Tischfähnchen? Hier fehlt doch irgendwo ein Fähnchen – zu Ehren des Kongresses.

Der Kellner Hier fehlt kein Fähnchen.

Der Polizist Hier fehlt ein Fähnchen – und zwar auf dem dritten Tische links hinten an der rechten Wand gegenüber – dieser Dame! *Er deutet ruckartig auf Luise Gift.*

Luise Gift *heult auf:* Nein! Nein! Ich kann doch nichts dafür!

Der Polizist Das kann jede sagen! Jede sagen!

Luise Gift Ich bin unschuldig, Herr Wachtmeister! Ich kann nichts für das Fähnchen! Ich hab noch keinem Fähnchen was getan – *Sie wimmert.*

Der Polizist Kennen wir! Kennen wir! *Er zieht sein Notizbuch.* Ihr Name?

Der Kellner Herr Polizeipräsident! Überzeugen Sie sich doch persönlich. Darf man bitten –

Der Polizist *eilt an den bezeichneten Tisch und hält ruckartig:* Hm. Der Tisch ist allerdings beflaggt. Das Fähnchen flattert im vorschriftsmäßigen Winde, jedoch –

Der Kellner*unterbricht ihn, fährt ihn an:* Was wollen Sie denn?! Was wollen Sie denn?!

Der Polizist Kaffee. *Er nimmt Platz an dem Tischchen.* Vorerst.

Der Kellner Tasse oder Kännchen?

Der Polizist*bösartig:* Hüten Sie sich vor mir.

Der Kellner Also Kännchen?

Der Polizist Natürlich Kännchen! Natürlich!

Der Kellner ab.
Allgemeiner Tanz im Café Klups.
Das Fräulein erscheint und spricht mit dem Kellner.
Luise Gift erkennt sie und horcht.

Das Fräulein Kennen Sie einen Herrn Alfred?

Der Kellner Herr Alfred müßte schon hier sein. Was wollen Sie? Kaffee, Tee, Schokolade –

Das Fräulein Kaffee.

Der Kellner Tasse oder Kännchen?

Das Fräulein Ist mir gleich. *Sie erblickt Luise Gift.*

Luise Gift Herr Alfred müßte schon hier sein.

Das Fräulein So laß mich doch!

Luise Gift *zum Kellner, tonlos:* Schnaps.

Der Kellner Ha?

Luise Gift *tonlos:* Schnaps. Den billigsten Schnaps. *Sie faßt sich an den Kopf und wankt.*

Der Kellner Ist Ihnen schlecht, Frau Baronin?

Luise Gift *rülpst:* Vielleicht, Herr Baron. – Es dreht sich, als hätt ich schon zuviel Schnaps – das war ein billiger Schnaps – der billigste. *Sie rülpst wieder und nähert sich torkelnd dem Fräulein.* Jetzt ists vorbei. Radikal.

Das Fräulein Freut mich.

Luise Gift Sei nicht grausam, bitte.

Das Fräulein Es freut mich für dich.

Luise Gift Das ist schön von dir. *Sie rülpst – horcht, rülpst nochmal.* Hörst du mich?

Das Fräulein Das ist Schnaps.

Luise Gift Billigster Schnaps. Nur um den Kummer zu löschen, den Kummer – Du wirst mich mal verstehen –

Das Fräulein Ich verzichte.

Luise Gift Ich auch. Ich verpfusch dich nicht, vielleicht findet einmal eine in Südamerika das Glück. – Ich wünsch es dir.

Das Fräulein Bitte, schau mich nicht an.

Luise Gift Gestern hab ich ein Gedicht verfaßt. Ich kann nämlich auch dichten. Wenn ich allein bin, dann dicht ich manchmal. Hier hab ichs. *Sie entfaltet einen Zettel und liest.* ›Und ich suche und suche Dich, Du meine Seele, mein besseres Ich.‹ Das ist das Gedicht.

Das Fräulein Das ist aber kurz.

Luise Gift Aber romantisch. Nimm es mit dir über das Meer. Über das romantische Meer. *Sie rülpst.* Und verlier es nicht. *Das Fräulein steckt den Zettel ein.*

Wann fährst du?

Das Fräulein Das weiß nur Alfred.

Luise Gift Und sein lieber Gott.

Pause.

Gute Reise!

Das Fräulein Danke.

Luise Gift *will ab, wendet sich aber nochmals dem Fräulein zu:* Was ich noch fragen wollte –: wo hast du heut Nacht geschlafen?

Das Fräulein Warum?

Luise Gift Ich möcht dort vorbeigehen.

Das Fräulein Ich hab zwölf Mark verdient.

Luise Gift Zwölf? – In deinem Alter hab ich das auch verdient. Umgerechnet, denn damals war ja alles billiger. Bin ich sehr häßlich?

Das Fräulein Nein.

Luise Gift rülpst und ab.
Allgemeiner Tanz im Café Klups.

Alfred *betritt das Café Klups, entdeckt das Fräulein, zieht sich mit ihr in eine Ecke zurück, das heißt in den Vordergrund:* Der Paß ist in Ordnung. Dito die Karte. Zwischendeck. Morgen früh.

Das Fräulein *betrachtet den Paß:* Was bin ich? Kindergärtnerin?

Alfred Geben Sie acht! Wir werden beobachtet.

Das Fräulein Ich wollt mal Kindergärtnerin werden.

Alfred Wenn Sie drüben sind, so grüßen Sie Herrn Ibanez und richten Sie, bitte, meine besten Empfehlungen an seine werte Gemahlin aus.

Das Fräulein Ist Herr Ibanez verheiratet?

Alfred Sehr sogar. Er macht nichts ohne seine Frau. Sie brachte zwei Pariser Bordelle mit in die Ehe und er hat nämlich nur die Nutznießung.

Das Fräulein Wie sieht er denn aus, der Herr Ibanez?

Alfred Er könnt Generalsekretär sein.

Der Generalsekretär betritt rasch das Café Klups.

Der Kellner Sie wünschen? Kaffee, Tee, Schokolade –

Der Generalsekretär Ich suche einen gewissen Herrn Alfred.

Der Kellner Was wollen Sie von ihm?

Der Generalsekretär Das werde ich ihm selbst sagen.

Der Kellner Ein gewisser Herr Alfred ist mir unbekannt.

Der Generalsekretär Leugnen Sie nicht! Ich weiß alles! Ja!

Alfred *tritt vor:* Na was wissen Sie denn schon? Wer sind denn Sie? Ich bin der Gewisse.

Der Generalsekretär Ich bin der Generalsekretär des internationalen Kongresses für internationale Bekämpfung des internationalen Mädchenhandels –

Alfred *unterbricht ihn:* Es gibt keine Mädchenhändler!

Der Generalsekretär Sondern?

Alfred Na was wissen Sie denn schon?

Der Generalsekretär Sie irren sich! Ich komme keineswegs mit feindlicher Absicht, ich spreche lediglich im Namen der zivilisierten Nationen. Der Kongreß hat soeben einstimmig beschlossen, Damen und Herren aus dem Personenkreise der Prostitution über die Prostitution zu befragen, um die Prostitution wirklich bekämpfen zu können. Im Namen des Kongresses fordere ich Sie auf, an der Verwirklichung unserer hohen Ideale mitzuarbeiten!

Alfred Muß es sein?

Der Generalsekrär Ihr Mißtrauen entbehrt jeder Begründung. Der Kongreß appelliert lediglich an den korrekten Fachmann in Ihnen. Der Kongreß weiß, daß ein Fräulein nach Südamerika verkauft wird, und der Kongreß bittet Sie durch mich, ihm Gelegenheit zu gewähren, jenes Fräulein befragen zu können. Der achte Unterausschuß interessiert sich nämlich durch Mehrheitsbeschluß plötzlich für die psychologische Seite. Sozusagen die rein menschliche. Es dürfte ja voraussichtlich nur akademischen Wert –

Alfred *unterbricht ihn:* Jenes Fräulein fährt in sechs Stunden.

Der Generalsekretär Dann bitte ich Sie, jenes Fräulein sofort vor dem Kongreß erscheinen zu lassen. Es steht zwar ein Bankett auf dem Programm, aber zwischen den Gängen –

Alfred *unterbricht ihn wieder:* Garantieren Sie?

Der Generalsekretär Natürlich. Ja!

Alfred Falls aber jenes Fräulein die Überfahrt versäumt –

Der Generalsekretär – werden Ihre Verluste ersetzt.

Alfred Zu hundert Prozent.

Der Generalsekretär Natürlich! Ja!

Pause.

Alfred Was zahlen Sie, wenn jenes Fräulein vor dem Kongreß erscheint?

Der Generalsekretär Pardon! Es dreht sich doch nur um Informationen –

Alfred Egal! Wer lernt umsonst? Nicht unter fünfzig Mark.

Der Generalsekretär Vierzig Mark.

Alfred Fünfzig.

Der Generalsekretär Fünfundvierzig.

Alfred Fünfzig.

Der Generalsekretär Achtundvierzig.

Alfred Schämen Sie sich.

Der Generalsekretär Der Kongreß muß sparen und so kann ich mich nicht schämen. Ich bin Beamter.

Alfred Ein sparsamer Mensch.

Der Generalsekretär Achtundvierzig.

Alfred Nehmen Sie es zu Protokoll, daß ich dem Kongreß zwo Mark schenke. Für Wiederinstandsetzung gefallener Mädchen.

Der Generalsekretär Ich danke Ihnen für Ihre hochherzige Stiftung im Namen des Kongresses. *Er grinst, verbeugt sich und ab.*

Ferdinand *betritt das Café Klups, setzt sich und klopft mit dem Spazierstock auf den Tisch; fröhlich:* Kaffee! Kaffee! Kaffee!

Der Kellner Tasse oder Kännchen?

Ferdinand Ein Kännchen! Auf Herrn Alfreds Rechnung!

Der Kellner Das kann jeder sagen.

Ferdinand Herr Alfred ist mein Bruder, Herr!

Der Kellner *zu Alfred:* Alfred! Kann das dein Bruder sein?

Das Fräulein erblickt Ferdinand, schreit gellend auf und taumelt zurück.
Alles verstummt.

Ferdinand *ist aufgesprungen und starrt das Fräulein an:* nein, so ein Zufall – ein Zufall –

Stille.

Alfred Kennt ihr euch?

Ferdinand Jawohl.

Alfred Wie kennt ihr euch?

Das Fräulein *hat sich gefaßt:* Ich bin nur erschrocken.

Ferdinand Ist das jenes Fräulein, das wir nach Südamerika verkaufen?

Alfred Yes.

Ferdinand Komisch.

Alfred Wieso?

Ferdinand Das Fräulein war mal nämlich meine Frau.

Das Fräulein rasch ab.
Alfred ihr nach.
Ferdinand sieht ihnen nach, setzt sich dann mechanisch und nippt von seinem Kaffee.
Musiktusch.

Fünftes Bild

Der Kongreß beim Bankett mit diskreter Tafelmusik von Mozart. Fressen und Saufen.

Der Generalsekretär *erhebt sich nervös:* Hochzuverehrender Herr Präsident! Mit ehrlicher Ehrfurcht, rein menschlichem Stolz und tatsächlich aufrichtiger Dankbarkeit dürfen wir im Namen unserer Nachwelt die überragenden Verdienste des Kongresses rühmend erwähnen und feiern. Ja!

Ein Lakai läßt eine Schüssel fallen, die klirrend zerbricht. Der Kongreß zuckt nervös zusammen.

Das Unselbstische unserer Arbeit bietet die beste Gewähr für den endlichen Sieg unserer Ideale, den Triumph des An-sich-Seelischen über das An-sich-Körperliche, –

Ein Delegierter *mit vollem Maul:* Bravo! Bravo!

Eine Delegierte Hört! Hört!

Der Generalsekretär – die Herrschaft der gereinigten Liebe und die unwiderrufliche Ausrottung der käuflichen Fleischeslust. Ja! Und so erhebe ich nun im Namen des Kongresses mein Glas auf das geistige Wohl unseres hochverdienten Präsidenten, des Generaldirektors der Vereinigten künstlichen Ölwerke, des wirklichen Geheimen Rates Dr. Dr. honoris causae!

Der Kongress Hoch! Hoch! Hoch!

Fressen und Saufen.

Ein Delegierter *leise zu seinem Nachbar:* Wie heißt der Präsident?

Sein Nachbar Honoris Causae.

Der Delegierte Das klingt romanisch.

Der Nachbar Ist aber ein guter Deutscher.

Der Präsident *erhebt sich:* Mein Kongreß! Indem ich mir erlaube, für das mir dargebrachte seltene Vertrauen zu danken, begrüße ich vor allem den anwesenden Vertreter des Kriegsministeriums.

Hauptmann, der in dieser Eigenschaft am Bankett teilnimmt, verbeugt sich leicht.

Eine Delegierte Hurrah!

Der Präsident Hoffen wir auf die tatkräftige Hilfe der beteiligten Ressorts. Dann bin ich überzeugt, daß wir bis zum nächsten Kriege gewaltige Fortschritte erzielt haben werden. Danke meine Damen und Herren! *Er setzt sich.*

Der Kongreß erhebt sich, trinkt sich zu und setzt sich.

Fressen und Saufen.

Ein Lakai eilt herbei und überbringt dem Generalsekretär ein Telegramm.
Der Generalsekretär öffnet es hastig, liest und erbleicht.
Der Kongreß starrt ihn erwartungsvoll an.

Der Generalsekretär*erhebt sich:* Leider hat es Gott dem Allmächtigen laut seines unerforschlichen Ratschlusses gefallen, ausgerechnet den Vertreter des Wohlfahrtsministeriums soeben vom Schlage treffen zu lassen. Ja! *Er setzt sich.*

Ein Delegierter Bitte, dürfte ich noch etwas Gemüse –?

Ein anderer Delegierter Oh, bitte!

Der erste Delegierte Oh, danke!

Fressen und Saufen.

Ein dritter Delegierter Ja da nimmt man am besten etwas Sahne und röstet die Zwiebel – kennen Sie Mazzesknedl?

Eine Delegierte Ach! Betreffs der körperlichen Ertüchtigung unserer Jugend bin ich nämlich Laie.

Ein vierter Delegierter Wie interessant! Wie interessant!

Der erste Delegierte Bitte, dürfte ich noch etwas Gemüse –?

Ein fünfter Delegierter Da lob ich mir eine Weltanschauung. F. Nietzsche sagt –

Ein sechster Delegierter Warum? Nur darum?

Die Delegierte Genau so! Genau so!

Ein schwerhöriger Delegierter Ich zum Beispiel bin schwerhörig.

Ein kurzsichtiger Delegierter Ich zum Beispiel bin kurzsichtig.

Der dritte Delegierte Wa? Wie? Mayonnaise? Mayonnaise? Nicht möglich!

Eine altmodische Delegierte Stolz weht und treu die Wacht am Rhein!

Der zweite Delegierte Kennen Sie den? Zwei Radfahrer treffen sich in Czernowitz –

Die altmodische Delegierte Vater, ich rufe Dich!

Der vierte Delegierte Wissen Sie, was das Grundstück heute wert ist?

Der sechste Delegierte Nein, ich bin kein Antisemit.

Der erste Delegierte Jedoch. Bitte, dürfte ich noch etwas Gemüse –?

Eine dritte Delegierte Mein Vater war kommandierender General.

Die altmodische Delegierte Ach! Wo?

Die dritte Delegierte In Luzern.

Das Fräulein erscheint vor dem Kongreß.
Der Kongreß starrt sie verdutzt an.
Pause.

Das Fräulein Als ich acht Jahr alt war, starb mein Vater, während meine Mutter noch lebt. Aber wir wollen nichts voneinander wissen, denn sie hat meinen Vater nicht ausstehen können. Ich hab sehr bald verdienen müssen, weil nichts da war, aber die ersten Jahre hat es mir nirgends gefallen, weil ich boshaft behandelt worden bin. Ich lernte nähen. *Pause.*

Der Präsident Was soll das? Wer ist denn die Person?

Der Generalsekretär Pardon! Die Damen und Herren scheinen vergessen zu haben: diese Person ist jenes Fräulein, das nach Südamerika verkauft wird.

Der Präsident Achjaja –

Der Generalsekretär Laut Beschluß unseres achten Unterausschusses –

Eine Delegierte *erhebt sich und unterbricht ihn:Ich* führe den Vorsitz im achten Unterausschuß. Wir hatten einstimmig beschlossen, diese Person zu analysieren, um auch von der seelischen Seite her die Prostitution bekämpfen zu können.

Der Vorsitzende Achjaja –

Die Vorsitzende Wir legen dieser Person drei Fragen vor. Erstens: ob sie sich freiwillig oder gezwungenermaßen verkauft? Zweitens: wenn freiwillig, dann wieso? Drittens: wenn gezwungenermaßen, dann warum?

Der Generalsekretär Also, bitte, Fräulein, antworten Sie. Ja!

Das Fräulein Ich bin Kindergärtnerin.

Der Vorsitzende Lassen Sie das, wir sind unter uns!

Der Generalsekretär Hat man Sie gezwungen, Kindergärtnerin zu werden?

Das Fräulein schweigt.

Ja oder nein?

Das Fräulein schweigt.

So antworten Sie doch, bitte! Ja!

Der Präsident Na los! Los! Los!

Das Fräulein Ich habs mir überlegt.

Der Generalsekretär Geben Sie acht! Hat Sie jener Herr Alfred etwa gezwungen –?

Alfred *tritt rasch vor den Kongreß:* Halt! Ich verbitte mir jede Verdächtigung! Bitte, Fräulein, sagen Sie es dem Kongreß: hab ich Sie gezwungen oder sind Sie mir denn nicht direkt nachgelaufen? Antwort, bitte!

Das Fräulein Ich bin Ihnen direkt nachgelaufen.

Alfred Na also!

Der Generalsekretär Pardon, Herr, aber unsereins hört so mancherlei –

Alfred Es gibt überhaupt keinen Mädchenhandel. Es gibt lediglich Stellenvermittler und das gewaltsame Fortschleppen der Fräuleins ist Quatsch!

Ein Delegierter *erhebt sich:* Pardon, aber das dürfte stimmen.

Alfred Und ob!

Der Delegierte Ich bin Sanitätsrat in Santa Fé de Bogota und an Hand meiner reichen persönlichen Erfahrungen sehe ich die Urururasache der Prostitution in einer gewissen Degeneration.

Alfred Na was denn sonst!

Der Sanitätsrat In einer gewissen Entartung. Vor allem einzelner Muskelpartien.

Alfred Na klar! *Er zündet sich eine Zigarette an.*

Der Sanitätsrat In Santa Fé de Bogota ist das Wetter meistens schön. *Er sieht in weite Fernen.*

Der Präsident*lacht über einen Witz, den ihm sein Nachbar erzählt hat:* – wie? Und dann hat er gesagt sie wäre –

Sein Nachbar Kennen Sie den? Zwei Radfahrer treffen sich in Czernowitz – *Er flüstert.*

Alfred Sagen Sie, Herr Sanitätsrat, würde sich nach Ihrer Erfahrung der Export nach Santa Fé de Bogota rentieren?

Der Sanitätsrat Sicherlich! Ich kenne jedes Bordell in meinem Vaterlande und kann Ihnen daher mit dem besten Gewissen nur raten zu exportieren. Leider Gottes sind derlei Geschäfte ungemein vorteilhafte Kapitalsanlagen.

Alfred Hm. *Er rechnet in seinem Notizbuch.*

Der Sanitätsrat Meine sehrverehrten Kongreßkommilitionen! Meiner Überzeugung nach kann bei einem etwaigen Exporte, zum Beispiel nach meiner Heimat, von einer Zwangslage der Exportierten nicht gesprochen werden. Wir sind doch immerhin noch Menschen und haben unseren freien Willen. Ich wiederhole: es ist lediglich Degeneration. *Er setzt sich wieder, frißt und sauft.*

Alfred Lediglich. *Er rechnet mit dem Finger in der Luft.*

Lediglich.

Schminke erscheint.
Der Generalsekretär schnellt empor und starrt ihn an.

Schminke *zu Alfred:* Lediglich? Lügen Sie nicht, lügen Sie nicht.

Alfred *sieht ihn nicht, er hat noch den Finger in der Luft:* Hat wer was gesagt?

Schminke Hier dreht es sich nicht um Degeneration.

Alfred Sondern?

Schminke Sondern lediglich um wirtschaftliche Not.

Alfred Natürlich. Aber als Kaufmann muß man doch mit der wirtschaftlichen Not rechnen. Mit der Bedürfnisfrage. Wo käm man denn hin?

Das Fräulein *zu Alfred:* Mit wem sprechen Sie?

Schminke Mit mir.

Das Fräulein starrt ihn ängstlich an.

Alfred Mir wars nur, als hätt wer was gesagt – was ganz blödes – *Er rechnet weiter.*

Schminke *zum Fräulein:* Fräulein, vielleicht finden Sie es eigenartig, daß ich Sie anspreche und daß es sich dabei um Prinzipielles dreht. Ich kenne Sie. Es dreht sich hier nicht um Sie persönlich.

Das Fräulein weicht scheu zurück.

Ich persönlich will nichts.

Das Fräulein Sie reden wie ein Buch.

Schminke Bitte bilden Sie sich ein, Sie wären ein Buch und existierten in Millionen Exemplaren. Allein Ihre deutsche Ausgabe hat bereits die hundertste Auflage überschritten. Ich kenne das Buch. Ich kenne die Leser. Ich kenne den Verfasser!

Das Fräulein Ich versteh Sie nicht.

Schminke Ich versteh, was Sie wollen, und weiß, was Sie müssen.

Der Generalsekretär*hat sich gefaßt und schreit Schminke an:* Raus! Raus! Augenblicklich raus!

Schminke Machen Sie sich nicht lächerlich!

Der Generalsekretär Ich pflege mich nicht lächerlich zu machen, Sie! Raus! Raus! Oder –

Schminke *unterbricht ihn:* Was oder? Wer mir droht, den lach ich aus! Sie vergessen: ich bin ja bereits ausgezählt. Hier steht eine Idee, Herr Generalsekretär! Lassen Sie es sich sagen: selbst wenn das Fräulein degeneriert sein sollte, so verkauft sie sich dennoch lediglich unter dem Zwange der wirtschaftlichen Not, als Folge der bürgerlichen Produktionsverhältnisse!

Der Generalsekretär wischt sich den Schweiß von der Stirne und setzt sich erschöpft.

Der Präsident *zum Generalsekretär:* Ist Ihnen schlecht?

Der Generalsekretär Zur Zeit –

Der Präsident Wohl noch die gestrige Affäre?

Der Generalsekretär Ja.

Der Vorsitzende Was war das für eine Affäre?

Der Sanitätsrat Unser lieber Herr Generalsekretär wurde gestern von einem Raubmörder überfallen.

Hauptmann Wir mußtn sogar von der Schußwaffe Gebrauch machn.

Die Vorsitzende Ah!

Schminke Das war kein Raubmörder.

Der Generalsekretär*verzweifelt:* So schweigen Sie doch! Schweigen Sie, ja! *Stille.*

Der Präsident Mit wem reden Sie denn da?

Der Generalsekretär Mit dem dort –

Der Präsident*glotzt Schminke an:* Wo?

Der Generalsekretär Sehen Sie denn nicht –?

Der Präsident Ich sehe überhaupt nichts.

Der Sanitätsrat *zum Generalsekretär:* Ich glaube, Herr Generalsekretär sind überarbeitet – darf ich Ihren Puls –

Er fühlt ihn. Ja, Sie opfern sich für uns.

Schminke grinst.

Der Generalsekretär Jetzt lacht er.

Der Sanitätsrat Wer?

Der Generalsekretär Dort. Jener.

Der Präsident *nervös:* Wer jener? Ich seh keinen jenen! Wer sieht hier jenen? Meine Damen und Herren! Wer jenen sieht, der erhebe sich bitte!

Niemand erhebt sich.

Niemand. Hier sieht niemand was. *Zu Alfred.* Sehen Sie vielleicht jenen?

Alfred Nee.

Das Fräulein Ich hab was gehört.

Der Präsident Was denn?

Schminke Mich.

Hauptmann *erhebt sich:* Meiner Seel, jetzt hab ich auch was gehört. *Er deutet plötzlich auf Schminke* – dort! Jenen! Mir scheint gar, des is a Jud.

Der Generalsekretär Jener behauptet, er sei eine Idee.

Der Präsident Wie kommt hier der Jud herein.

Der Generalsekretär Er behauptet, daß mit der Aufhebung der bürgerlichen Produktionsverhältnisse auch die aus ihnen hervorgehende Prostitution verschwinden wird. Schrecklich!

Der Präsident Ein Bolschewist!

Der Sanitätsrat Wie töricht!

Die Vorsitzende Die Prostitution ist zu tief in uns Menschen verankert.

Alfred Sehr richtig.

Die Vorsitzende Eine Änderung der Produktionsverhältnisse kann und kann die Prostitution nimmermehr irgendwie, mit Verlaub zu sagen, beeinflussen! Alles auf das Materielle zurückzuführen, das hieße doch die Seele leugnen. *Schminke lacht.*

Ein Delegierter*springt erregt empor:* Lachen Sie nicht, junger Mann! Ich bin Studienrat in Lissabon und wenn Sie mal zwanzig Jahre älter sind, dann denken Sie auch anders darüber!

Schminke Über was?

Der Studienrat Über Gott.

Schminke Kaum.

Der Studienrat Abwarten! *Er deklamiert.* Rasch tritt der Tod den Menschen an –

Schminke*unterbricht:* Ich bin kein Mensch, ich bin doch eine Idee. Sie Idiot!

Der Studienrat*brüllt:* Zur Geschäftsordnung!

Zurufe Bravo! Sehr wahr! Richtig!

Der Generalsekretär*erhebt sich:* Zur Geschäftsordnung. *Er setzt sich.*

Der Vierte Delegierte*erhebt sich:* Wir lassen uns nicht beirren. Der Kongreß läßt sich nicht nehmen, an der Zusammenarbeit der Völker symbolisch mitzuwirken. Ich würde mich ehrlich freuen, wenn das schöne Zusammenarbeiten der kommerziellen Kreise –

Der Präsident*unterbricht ihn:* Der Wirtschaft!

Der Vierte Delegierte Natürlich der Wirtschaft.

Schminke Das Kapital.

Der Präsident Natürlich das Kapital! Ich verbitte mir diese ständigen Selbstverständlichkeiten!

Der Vierte Delegierte Wer würde sich nicht freuen über das völkerversöhnende Hand-in-Hand-Arbeiten des Kapitals, wo es gilt Kulturgüter zu schützen?! Zur Geschäftsordnung! *Er setzt sich und leert hastig sein Glas.*

Der Erste Delegierte Bitte, dürfte ich noch etwas Gemüse –

Der Sanitätsrat Oh, bitte!

Der Erste Delegierte Oh, danke!

Fressen und Saufen.

Schminke Ich ersuche den Kongreß, das Fräulein nicht zu vergessen.

Der Studienrat wirft wütend seine Gabel auf den Boden. Fressen und Saufen.

Die Vorsitzende *erhebt sich:* Erlauben Sie mir nun zur zweiten Frage überzugehen, da wir bereits festgestellt haben, daß sich diese Person aus freien Stücken verkauft.

Schminke Lügen Sie doch nicht!

Die Vorsitzende*kreischt:* Keine Kritik! Keine Kritik!

Schminke Sie wissen es doch, daß das Fräulein lediglich ein Opfer der bürgerlichen Produktionsverhältnisse ist!

Die Vorsitzende*kreischt:* Für die Allgemeinheit zu wirken ist Mannespflicht. / Einen Dank dafür erwart Dir nicht. / Faulpelze und Quertreiber können Erfolg nicht leiden. / Um deren Gunst bist Du wahrlich nicht zu beneiden! *Sie bricht auf ihrem Stuhl zusammen und schluchzt.*

Der Präsident *zu Schminke:* Was wollen Sie hier eigentlich?!

Schminke Beweisen, daß Sie Betrüger sind!

Der Präsident Zur Geschäftsordnung!

Die Vorsitzende*kreischt:* Zur Geschäftsordnung!

Der Generalsekretär*erhebt sich:* Wir hörten soeben ein schlimmes Wort. Das Wort ›Betrüger‹. Selbst wenn wir uns die Argumentation verantwortungsloser Berufshetzer zu eigen machen, daß sich nämlich dies Fräulein ausschließlich unter dem Zwange ihrer wirtschaftlichen Not verkauft, so entkräftigen wir dennoch jede Gemeinheit mit der frommen Feststellung, daß es in keines Menschen Macht liegt, die, zu guter Letzt auch über dem Kongreß lastende wirtschaftliche Not zu beseitigen. *Er leert sein Sektglas.*

Zurufe Hört! Hört!

Schminke Sagen Sie nur nicht ›Erbsünde‹ statt ›Kapitalismus‹!

Alfred Was mich betrifft, so glaub ich an Gott.

Schminke Sie müssen es ja wissen.

Alfred Dem einen hilft der liebe Gott und dem anderen hilft er nicht.

Schminke Man müßte den lieben Gott besser organisieren.

Alfred Halt ich für ausgeschlossen.

Schminke Hat er Ihnen geholfen?

Alfred Gottseidank!

Schminke *grinst:* Der liebe Gott wird mir immer sympathischer –

Der Präsident Zur Geschäftsordnung!

Der Generalsekretär *leert noch ein Glas Sekt:* Ich bin schon heiser, aber weiter! Nicht nur dieses Fräulein, sondern Millionen Fräuleins leiden unter akkurat derselben typischen Not, ohne sich dieserhalb zu verkaufen. Wir kommen jetzt zum psychologischen Kern. Wir fragen das Fräulein: warum verkaufen Sie sich? Warum bringen Sie sich nicht um?

Die altmodische Delegierte Wäre ich gezwungen, zwischen Tod und Prostitution zu wählen –

Die Vorsitzende *schnellt empor und unterbricht sie kreischend:* Meine Herren! Wir alle würden uns erschießen!

Zurufe Bravo! Bravo!

Das Fräulein Ich wollt mich schon mal umbringen, aber dann hab ich mir gedacht, ich verkauf mich doch lieber. Weil es leichter geht.

Pause.

Die Altmodische Delegierte Ist das noch ein Mensch?

Der Studienrat Ist denn diese schamlose Person bar jeder menschlichen Scham?

Der Präsident Bitte Herr Studienrat, nehmen Sie trotz Ihrer berechtigten Empörung Rücksicht auf die anwesenden Damen.

Der Studienrat An mir zittert alles –

Die Altmodische Delegierte*zum Generalsekretär:* Bitte fragen Sie doch die Person, ob sie den Begriff ›reine Liebe‹ kennt?

Der Generalsekretär Fräulein, kennen Sie –

Das Fräulein*unterbricht ihn:* Nein.

Der Generalsekretär Und warum nein?

Das Fräulein Weils das nicht gibt.

Hauptmann lacht hellauf.

Die Altmodische Delegierte Charmant!

Der Generalsekretär Geben Sie acht, Fräulein! Woher wollen Sie wissen, daß es keine reine Liebe gibt?

Das Fräulein Ich war mal verheiratet.

Der Studienrat Korrekt?

Das Fräulein Sogar kirchlich. Aber nicht lang.

Der Generalsekretär Weshalb nicht lang?

Der Präsident Bitte um eine zusammenfassende Darstellung!

Das Fräulein Mein Mann war sehr moralisch. Er hatte ein Zigarettengeschäft und ließ sich scheiden, weil ich mal mit einem fremden Herrn zu einer Gartenunterhaltung ging. Mein Mann hieß Ferdinand.

Der Präsident Weiter!

Das Fräulein Dann ließ mich aber auch der fremde Herr stehen, weil ich ihm auf die Dauer zu langweilig war. Ich glaub, er war ein Schuft.

Hauptmann So wird man zum Schuft, meine Sehrverehrten!

Der Studienrat Toll! Fürwahr!

Hauptmann Ein Cabaret!

Der Präsident*höhnisch:* Das gnädige Fräulein hofften wohl wieder kirchlich getraut zu werden?

Der Sanitätsrat kichert.

Das Fräulein Nein.

Der Generalsekretär Sondern?

Das Fräulein Ich hätt nur nicht gedacht, daß er mich hernach sofort stehen läßt. Heut bin ich ihm ja nicht mehr bös.

Der Präsident *spöttisch:* Was Sie nicht sagen!

Das Fräulein Er hieß Arthur.

Die altmodische Delegierte Weiter!

Das Fräulein Dann gings halt so dahin mit mir.

Der Präsident Wohin?

Das Fräulein Ich hatte halt nichts.

Der Präsident *grinst:* Keinen Arthur?

Das Fräulein Kein Geld.

Der Sanitätsrat Wer arbeiten will, der kann.

Schminke Verzeihung! Sie sind doch Sanitätsrat?

Der Sanitätsrat Ja. Und?

Schminke Ihr Vater war doch Fabrikbesitzer?

Der Sanitätsrat Wer arbeiten will, der kann.

Schminke Und Sie heirateten die Tochter eines Juweliers aus der Bremerstraße.

Der Sanitätsrat *brüllt Schminke an:* Wer arbeiten will, der kann!

Das Fräulein Ich konnt nicht.

Der Sanitätsrat *schlägt mit der Faust auf den Tisch:* Ich verbitte mir das!

Das Fräulein zuckt die Achsel.

Der Präsident Also das mit dem Nichtkönnen ist keineswegs zwingend.

Das Fräulein zuckt die Achsel.

Der Studienrat Faul und frech.

Der Sanitätsrat Und degeneriert.

Altmodische Delegierte*zum Generalsekretär:* Bitte, Herr General-sekretär fragen Sie doch diese degenerierte Person, ob ihr die Aus-übung ihres schändlichen Gewerbes besondere Lust bereitet?

Das Fräulein Pfui!

Alfred *sieht auf seine Uhr:* Darf ich den Kongreß darauf aufmerk-sam machen, daß sich das Fräulein bald einschiffen muß. Es wird allmählich Zeit. Ich bitte also die Fragen –

Der Präsident*unterbricht ihn:* Ich glaube, der Kongreß kann auf weitere Fragen verzichten. Wir haben soeben schaudernd einen Fall außerordentlicher Gefühlsroheit erlebt.

Schminke Wann werden Sie Wohlfahrtsminister?

Der Präsident Zur Geschäftsordnung!

Der Generalsekretär*erhebt sich:* Herr Alfred! Es bereitet mir eine besondere Freude und Ehre, Ihnen für Ihre aufopferungsvolle Mit-arbeit den tiefempfundenen Dank des internationalen Kongresses für internationale Bekämpfung des internationalen Mädchenhan-dels aussprechen zu dürfen. Ihre solide Sachkenntnis lieferte dem Kongreß neue Waffen, neuen Mut, neue Ausdauer in seinem home-rischen Kampfe gegen die Hydra der Prostitution, in einem mörde-rischen Schlachten, das zu guter Letzt schlechterdings den Sieg des Irrationalen über das Rationale erstrebt!

Schminke Bravo!

Der Generalsekretär Ich erhebe mein Glas auf Ihr ganz Spezielles – *Er trinkt auf Alfreds Wohl.*

Alfred verbeugt sich vor dem Kongreß.
Der Kongreß applaudiert.
Musiktusch.
Der Kongreß erhebt sich, weil es nun nichts mehr zu fressen und saufen gibt, da das Bankett zu Ende ist.
Die Kapelle spielt nun einen flotten Militärmarsch.

Der Generalsekretär *tritt zu Alfred und drückt ihm die Hand:* Bitte hätten Sie nur noch die Liebenswürdigkeit, diesen Fragebogen über die Technik des Mädchenhandels auszufüllen – *Er überreicht ihm einen Bogen.* Es ist ein gedruckter Fragebogen, weil wir ja ungefähr fünftausend Persönlichkeiten aus dem Bereiche des Mädchenhandels befragen wollen.

Alfred Zur Geschäftsordnung.

Der Generalsekretär Ich wollte ja soeben – *Er überreicht ihm ein Kuvert.* Hier das Honorar.

Alfred *zählt das Geld nach und schiebt es befriedigt ein:* Es bereitet mir eine besondere Freude und Ehre, mich in meinem Namen bedanken zu dürfen.

Der Generalsekretär verbeugt sich.

Alfred klopft ihm auf die Schulter. Wenn Sie mich wiedermal benötigen sollten: ich stehe dem Kongreß jederzeit mit Rat und Tat zur Verfügung. Aller Wahrscheinlichkeit nach werde ich wohl in vierzehn Tagen eine brünette Witwe nach Santa Fé de Bogota verkaufen –

Der Generalsekretär Sie hören noch von mir! *Er schüttelt ihm die Hand, verbeugt sich, entdeckt Schminke und fixiert ihn.*

Eine elegante Delegierte Herr Alfred! Ich würde mich sehr freuen, Sie Donnerstag abend bei mir begrüßen zu können. Darf ich Sie erwarten? Ich veranstalte ein kleines Privatkonzert zugunsten gefährdeter Mädchen. Mein Onkel erhielt bei dem letzten Autoschönheitswettbewerb den ersten Preis.

Alfred küßt ihr die Hand.

Hauptmann *zur eleganten Delegierten:* Pardon, Gnädigste! Darf ich Ihnen meinen Arm – es gibt nämli no a kalts Buffet – *Ab mit ihr.*

Alfred Das ist aber ein eifersüchtiger Soldat – *Er füllt den Fragebogen aus.*

Der Generalsekretär *zu Schminke:* Darf ich Sie fragen, ob Sie nun endlich den Platz räumen wollen?

Schminke Machen Sie sich nicht lächerlich.

Der Generalsekretär Sie haben mich das Bankett über in die größte Verlegenheit gestürzt. Es hat mir schon nichts mehr geschmeckt. Jetzt kommt das kalte Büffet. Wollen Sie mir noch immer den Appetit verderben?

Schminke So kleinlich bin ich ja gar nicht.

Der Generalsekretär Aber Sie wirken noch kleinlicher. Bitte lassen Sie mich jetzt aufatmen, es folgt der gesellige Teil.

Schminke *grinst:* Ich liebe die Geselligkeit.

Pause.

Der Generalsekretär *grinst:* So wird man sich an Sie gewöhnen müssen. Hoffen Sie nur nicht, daß ich an einem inneren Zwiespalt zugrunde gehen kann. Ich sage Ihnen das als Generalsekretär. Ja! *Er läßt ihn stehen.*

Der Kongress allmählich ab an das kalte Büffet.

Das Fräulein *zu Alfred, der den Fragebogen ausfüllt:* Wann kann ich denn fort?

Alfred Sofort.

Das Fräulein Es wird allmählich Zeit.

Alfred Ja.

Das Fräulein Zu so einer Sache bringen Sie mich aber nicht mehr. Da geh ich schon lieber mit einem, der Prothesen hat.

Alfred Kusch, Fräulein! Das ist nämlich ein komplizierter Fragebogen.

Das Fräulein Diese ganzen Fragen haben doch gar keinen Sinn – was man den Leuten antwortet, das glauben sie ja nicht. Man regt sich nur unnötig auf.

Alfred Quatsch! Sie werden doch dafür bezahlt. Hier haben Sie Ihre zwo Mark.

Das Fräulein Sie sagten doch drei –

Alfred *unterbricht sie:* Irren ist menschlich!

Pause.

Das Fräulein Ich hab Hunger.

Alfred Beherrschen Sie sich, bitte! Ja?

Das Fräulein *starrt plötzlich hinaus:* Jetzt kommt er.

Alfred Wer?

Das Fräulein Unser Ferdinand.

Ferdinand kommt und verbeugt sich vor dem Fräulein.
Das Fräulein nickt.

Ferdinand*unterdrückt:* Alfred.

Alfred *ebenso:* Ha?

Das Fräulein horcht.

Ferdinand Ich hab es mir überlegt.

Alfred Was denn?

Ferdinand Das südamerikanische Geschäft.

Alfred Was heißt das?

Ferdinand Das heißt, daß ich dich bitte: gib mir meinen halben lieben Gott zurück.

Alfred Meschugge?

Ferdinand Nein, ich meine das nur rein menschlich. Ich habe doch nicht gewußt, daß wir dieses Fräulein verkaufen –

Alfred Rein menschlich darf man überhaupt kein Fräulein verkaufen!

Ferdinand Das ist zweierlei. Nämlich ich bin so menschlich, daß mir nichts Menschliches fremd ist, und deshalb versteh ich es ja auch, wie man ein Fräulein verkaufen kann, verdamm es nicht, sondern beteilige mich gegebenenfalls. Aber gerade dieses eine Fräulein – sie ist mir doch immerhin mal nahe gestanden.

Alfred Kusch! Geschäft ist Geschäft!

Ferdinand Ich verkauf jede, nur jene nicht. Ich weiß nicht, warum nicht. Das ist keine Sentimentalität. Weißgott, was das ist!

Alfred Kusch! Wenn ich dir jetzt deinen halben lieben Gott zurückgeben würde – wie steht es denn dann mit deinem Kännchen?

Ferdinand starrt ihn an.

Mit deinem Kännchen Kaffee?

Ferdinand ist sprachlos.

Du tust doch alles nur um das Kännchen –

Ferdinand Ja, das Kännchen –

Alfred Denk real und reell! Tasse oder Kännchen?

Pause.

Ferdinand *nach innerem Kampf:* Tasse.

Alfred Nimmermehr wirst du dein Kännchen –

Ferdinand *unterbricht ihn; bösartig:* Gut! Trink ich kein Kännchen!

Schminke Halt! Sie werden Ihr Kännchen trinken! Sie vergessen wohl, daß dem Fräulein persönlich nicht geholfen werden kann! Prinzipiell!

Das Fräulein Finden Sie?

Schminke Ja!

Ferdinand *erkennt Schminke:* Prinzipiell –

Schminke Nach den unerbittlichen Gesetzen der kapitalistischen Gesellschaft muß das Fräulein in Südamerika enden. Krank, verkommen und vertiert!

Alfred Na hörst du?

Ferdinand Prinzipiell –

Schminke Wir sehen einen typischen Fall –

Ferdinand *unterbricht ihn:* Wir wollen es doch sehen! Ich erkläre hiermit mit erhobener Stimme, daß ich auf die Hälfte meines lieben Gottes verzichte, daß ich das Fräulein wieder zu meiner Frau mache, daß ich mit der anderen Hälfte meines lieben Gottes abermals ein bescheidenes Zigarettengeschäft gründe und daß ich nie wieder in meinem Leben nach einem Kännchen Kaffee trachten werde!

Schminke *zum Generalsekretär:* Hören Sie sich das nur mal an, Herr Generalsekretär!

Der Generalsekretär Was soll ich denn hören?

Schminke Das Fräulein wird nicht verkauft, sondern geehelicht.

Der Generalsekretär Oho! Zur Geschäftsordnung!

Ferdinand Verzeihung! Ich bin nämlich fremd und kenn mich nicht aus. Wer ist denn das?

Der Generalsekretär Der Kongreß.

Ferdinand Zur Bekämpfung des Mädchenhandels?

Der Generalsekretär Ja!

Ferdinand So wird es Sie freuen, daß es mir gelungen ist, das Fräulein zu retten.

Der Generalsekretär Zur Geschäftsordnung!

Schminke Ich protestiere gegen diese Verfälschung der wirklichen Verhältnisse durch die sogenannte Menschlichkeit dieses Herrn!

Der Generalsekretär Im Namen des Kongresses schließe ich mich diesem Proteste an. Wo kämen wir denn hin, wenn wir für das Studium einer Prostituierten achtundvierzig Mark bezahlen würden und dann würde sich herausstellen, daß wir ja nur das Seelenleben einer kleinbürgerlichen Ehefrau durchleuchtet haben! Ich wäre die längere Zeit Generalsekretär gewesen! Sie mit Ihrer Menschlichkeit haben kein Recht den geschäftsordnungsmäßigen Gang der Bekämpfung des Mädchenhandels zu durchkreuzen! Ja!

Alfred Ganz Ihrer Ansicht, Herr Generalsekretär! Ich habe mit der Firma Ibanez in Parana bereits fest abgeschlossen. Abgesehen von der Konventionalstrafe würde auch mein kaufmännisches Renommee beträchtlich leiden, du Idiot.

Ferdinand *zum Fräulein:* Bin ich ein Idiot?

Das Fräulein Nein.

Ferdinand Ich war aber ein Idiot, als wir nämlich verheiratet waren. Ich war nämlich zu moralisch, wahrscheinlich weil ich aus einer verkommenen Familie stamm. Heut bin ich nicht mehr korrekt, heut bin ich menschlich. Komm. Komm, bitte.

Das Fräulein Nein.

Ferdinand Wie?

Das Fräulein Nein.

Schminke Richtig!

Der Generalsekretär Gottlob!

Alfred Bravo!

Ferdinand Nein –?

Das Fräulein Als ich dich zuvor im Café Klups gesehen hab, da hab ich geschrien, so bin ich erschrocken – über das Frühere, weil es wieder da war. Ich hab nämlich geglaubt, in mir ist alles kaputt, aber derweil ist noch was ganz in mir. Ich kann das nicht anders erklären. Die Herren hier haben sehr recht –: ich kann ja nicht mehr zurück, weil –: es wär ja alles anders und ich mags nicht mehr anders. Jetzt bin ich schon mal so weit.

Alfred *sieht auf die Uhr:* Es wird allmählich Zeit –

Ferdinand *zum Fräulein:* Komisch. Hast Du mir sonst nichts zu sagen?

Das Fräulein Trink nur dein Kännchen –

Ferdinand Kaum. Hab keine Freud mehr dran –

Alfred Na denn los! Höchste Zeit!

Ein Vertreter des Publikums erscheint: Halt! Ich protestiere gegen diesen Betrug!

Alfred Pfuschen Sie mir nicht ins Geschäft, Herr! Wer sind Sie denn überhaupt?

Der Vertreter des Publikums Ich sitze dort links in der siebenten Reihe! Ich habe mir eine Karte gekauft, weil auf dem Theaterzettel stand, hier steigt eine Posse in fünf Bildern! Und jetzt gehts auf einmal tragisch aus! Ich laß mir das nicht gefallen! Das ist eine Vorspiegelung falscher Tatsachen!

Schminke Das ist die Wahrheit! Die unerbittliche Wahrheit!

Der Vertreter des Publikums Ich verzichte auf Ihre Wahrheit! Ich bin ein müder abgearbeiteter Mensch und möchte abends meine Posse haben! Verstanden? Entweder gibt es hier augenblicklich eine Posse, oder ich laß mir mein Geld herauszahlen!

Schminke Bitte!

Der Generalsekretär *zu Schminke:* Halts Maul!

Der Vertreter des Publikums Ich will meine Posse! Ich schlage vor: das Fräulein fährt nicht nach Südamerika, sondern heiratet ihren Ferdinand, und beide leben glücklich, gesund und zufrieden in ihrem gemeinsamen Zigarettenladen!

Schminke Das ist Betrug.

Der Vertreter des Publikums Betrug ist eine Posse anzukündigen und derweil mit einem tragischen Klamauk zu enden.

Alfred *zu Schminke:* Schmink dich ab! Schmink dich ab!

Schminke setzt sich, zieht eine Zeitung aus der Tasche und liest.

Ferdinand *zum Vertreter des Publikums:* Verzeihung! Sie sind ein guter Mensch!

Schminke *liest:* »Escheloher Hanf sieben zwölf – Enttäuschender Abschluß: nur zehn Prozent Dividende –«

Der Vertreter des Publikums Na wirds bald?

Hochzeitsmarsch.
Ferdinand schließt strahlend das Fräulein in seine Arme und küßt sie.

So ists richtig!

Hauptmann *erscheint und klopft Ferdinand auf die Schulter:* Pardon, mein lieber Ferdinand!

Ferdinand*läßt das Fräulein nicht los:* Bittschön?

Hauptmann Es ist eine Dame draußen, die das junge Paar sprechen möcht.

Das Fräulein Wir lassen bitten, Herr Hauptmann!

Hauptmann winkt hinaus.

Luise Gift *kommt in weißem Kleidchen und überreicht dem glücklichen Paar einen riesigen Strauß:* Meine herzliche Gratulation – *Sie rülpst.*

Alle zucken ob des Rülpsers zusammen.

Über tredition

Eigenes Buch veröffentlichen

tredition wurde 2006 in Hamburg gegründet und hat seither mehrere tausend Buchtitel veröffentlicht. Autoren veröffentlichen in wenigen leichten Schritten gedruckte Bücher, e-Books und audio-Books. tredition hat das Ziel, die beste und fairste Veröffentlichungsmöglichkeit für Autoren zu bieten.

tredition wurde mit der Erkenntnis gegründet, dass nur etwa jedes 200. bei Verlagen eingereichte Manuskript veröffentlicht wird. Dabei hat jedes Buch seinen Markt, also seine Leser. tredition sorgt dafür, dass für jedes Buch die Leserschaft auch erreicht wird.

Im einzigartigen Literatur-Netzwerk von tredition bieten zahlreiche Literatur-Partner (das sind Lektoren, Übersetzer, Hörbuchsprecher und Illustratoren) ihre Dienstleistung an, um Manuskripte zu verbessern oder die Vielfalt zu erhöhen. Autoren vereinbaren direkt mit den Literatur-Partnern die Konditionen ihrer Zusammenarbeit und partizipieren gemeinsam am Erfolg des Buches.

Das gesamte Verlagsprogramm von tredition ist bei allen stationären Buchhandlungen und Online-Buchhändlern wie z. B. Amazon erhältlich. e-Books stehen bei den führenden Online-Portalen (z. B. iBookstore von Apple oder Kindle von Amazon) zum Verkauf.

Einfach leicht ein Buch veröffentlichen: **www.tredition.de**

Eigene Buchreihe oder eigenen Verlag gründen

Seit 2009 bietet tredition sein Verlagskonzept auch als sogenanntes "White-Label" an. Das bedeutet, dass andere Unternehmen, Institutionen und Personen risikofrei und unkompliziert selbst zum Herausgeber von Büchern und Buchreihen unter eigener Marke werden können. tredition übernimmt dabei das komplette Herstellungs- und Distributionsrisiko.

Zahlreiche Zeitschriften-, Zeitungs- und Buchverlage, Universitäten, Forschungseinrichtungen u.v.m. nutzen diese Dienstleistung von tredition, um unter eigener Marke ohne Risiko Bücher zu verlegen.

Alle Informationen im Internet: **www.tredition.de/fuer-verlage**

tredition wurde mit mehreren Innovationspreisen ausgezeichnet, u. a. mit dem Webfuture Award und dem Innovationspreis der Buch Digitale.

tredition ist Mitglied im Börsenverein des Deutschen Buchhandels.

Dieses Werk elektronisch lesen

Dieses Werk ist Teil der Gutenberg-DE Edition DVD. Diese enthält das komplette Archiv des Projekt Gutenberg-DE. Die DVD ist im Internet erhältlich auf **http://gutenbergshop.abc.de**

Zeitfracht Medien GmbH
Ferdinand-Jühlke-Straße 7
99095 Erfurt, Deutschland
produktsicherheit@kolibri360.de